A Outra Sombra

Max Moreno

Published by Max Moreno, 2024.

A OUTRA SOMBRA

First edition. March 12, 2024.

ISBN: 979-8224406180

Written by Max Moreno.

Also by Max Moreno

As Paredes Eram Brancas
A Outra Sombra
The White Walls

Watch for more at maxmorenooficial.com.br.

Aos meus filhos, os gêmeos Bárbara e Rodrigo.

*Enquanto assim falava, veio uma nuvem e os
envolveu; e encheram-se de medo ao entrarem na nuvem.*
Lucas 9,34

AGRADECIMENTOS

Agradeço aos seguintes colegas, por seus conselhos, ajuda ou apoio: Eloi Ricardo Bonkoski, por seu apoio e incessante incentivo na realização deste livro; Diego Rocha, pela generosidade em compartilhar comigo os seus conhecimentos da arte da escrita; meu querido amigo Eduardo Foss, por sua leitura crítica, sugestões e apoio. O meu profundo agradecimento a Yohan Nalli Salvador, por ler a minha história e me proporcionar uma nova visão da obra, buscando aperfeiçoá-la.

1
O ENCONTRO

Mágico!... Este me parecia o termo mais apropriado para descrever o momento, embora me escapasse uma visão mais poética da vida. As marcas de uma existência simplória, porém digna, encarregava-se de distanciar-me de qualquer vestígio de fantasia. Contudo, como mais um entre tantos mortais, era-me concedido naquele instante o raro privilégio de desfrutar de uma amizade verdadeira.

No rádio do carro, tocava a minha música favorita. Enquanto cantarolava, pedi a Edy, acomodado no banco do carona, que aumentasse o volume. Imediatamente ele se virou para trás e contemplou-me por alguns segundos, enquanto franzia a testa, arqueando uma das sobrancelhas, como se estivesse a analisar uma situação extremamente séria. Em seguida assentiu, oferecendo-me seu melhor sorriso.

A música era contagiante e irresistível. Seu ritmo acelerado e constante fundia-se à sutileza do momento, que nos envolvia completamente. A realidade tornava-se algo distante, quase inatingível. Uma espécie de transe coletivo apoderava-se de nossos corpos e mentes, exalando uma sensação agradável, que nos conduzia a algo bem próximo do êxtase absoluto.

Douglas, agarrado ao volante, não conseguia conter-se e movimentava o corpo freneticamente, como se dançasse ao som da melodia que se alastrava no interior do veículo, impregnando nossos ouvidos. Edy batucava com os dedos no painel do carro, ao passo que simulava cantarolar o refrão da música em inglês. Estava feliz e isso lhe parecia ser o suficiente. Despreocupado, o garoto limitava-se a sorrir à medida que explorava um sentimento de intensa euforia. Divertia-se com a pronúncia jocosa do seu próprio inglês, permitindo-se uma doce irreverência adolescente desprovida de qualquer pudor.

Anoitecia. Um céu carregado debruçava-se sobre nós, provocando uma brisa fria e úmida que nos beijava as faces enquanto o veículo deslizava velozmente sobre o asfalto rude. A ausência da lua dava ao cenário um tom melancólico. A escuridão adensava-se e nos envolvia, enquanto grandes nuvens negras lentamente surgiam à nossa frente, revelando um iminente temporal. Subitamente, os relâmpagos cintilaram, riscando o já enegrecido céu, como gigantescas espadas douradas a iluminar a paisagem, revelando-nos, simultaneamente, a linha do horizonte. Logo os primeiros pingos de chuva se chocaram contra o para-brisa.

Ainda inebriado pela música e a irresistível sensação de liberdade, lembro-me de ter expressado certa preocupação por estarmos com o rádio do carro ligado, já que inúmeras faíscas rompiam o céu a todo instante. Edy deixou escapar um risinho irônico diante do meu comentário. Meneou a cabeça indicando reprovação e, agarrando-se a um quase inofensivo fio de sarcasmo, exclamou:

— Está com medinho, é? Eu não sabia que o filhinho da mamãe tinha medo de raios.

Lancei-lhe um olhar fulminante, ao passo que no rosto de Douglas irrompia uma gostosa gargalhada diante da intencional provocação de Edy.

— Deixe o garoto em paz, "Senhor Coragem" — advertiu Douglas, numa débil tentativa de desmotivar um novo ataque de Edy.

— Ai, acabei de molhar as calças, mamãe! — extrapolou Edy.

Engoli em seco e desviei o olhar para a janela do veículo, evitando responder ao insulto adolescente. Limitei-me a contemplar os pingos da chuva, enquanto tentava me controlar, no intuito de não demonstrar tanto receio em relação à tempestade que se agigantava. Embora eu fizesse um esforço descomunal para disfarçar o nervosismo, meus batimentos cardíacos evidenciavam um descompasso singular, quase letal. Compreendi o clichê "com o coração saindo pela boca". Lembrei-me da minha infância, quando, ao primeiro sinal de tempestade, mamãe aligeirava-se para cobrir espelhos e todo tipo de aparelhos eletrônicos, pois tais objetos, segundo a sua simplória convicção, poderiam atrair raios.

Em dias chuvosos, ela costumava nos contar — a mim e a papai, seus fiéis ouvintes — a história de tia Rebeca, sua irmã mais nova. Em seus relatos, sempre muito eloquentes, ela nos confidenciava que a pobre mulher fora atingida por um relâmpago no exato momento em que abria a porta da geladeira.

— Por pouco ela não morreu — dizia mamãe, revirando os olhos e sacudindo com a cabeça.

A chuva tornara-se mais intensa; a minha preocupação, também. Contudo, procurei relaxar; afinal já estávamos quase chegando a São Jorge do Sul — município com pouco mais de três mil habitantes, localizado no noroeste do Paraná —, onde passaríamos o fim de semana. Antes de alcançarmos o nosso destino, porém, uma desgraça se abateria sobre nós. Lembro-me vagamente de um imenso clarão surgindo bem diante do veículo. No momento seguinte, pôde-se ouvir um estridente ruído de freada, seguido dos gritos desesperados de Edy:

— Olha a curva... Olha a curva... Oh, meu Deus!...

Os segundos que se seguiram foram de um insuportável zumbido percorrendo toda a minha cabeça num ziguezaguear infernal. Senti como se o meu corpo estivesse envolto por uma gigantesca nuvem negra. Como num filme, dezenas de imagens abstratas surgiram na minha mente, mas rapidamente se dissolveram, tornando-se um único e grande borrão. Perdi completamente os sentidos. O mundo se apagou.

¤¤ꝉ¤¤

Aproximadamente quinze minutos haviam-se passado desde o momento em que eu desvanecera. Percebi que ainda chovia. Após algum esforço, consegui abrir os olhos. Por um instante, tive a impressão de que minhas pálpebras pesavam o equivalente a blocos de concreto, pois manter os olhos abertos tornara-se uma árdua tarefa. Algo que me exigia bem mais do que força de vontade. Lancei um rápido olhar ao meu redor e o que vi foi uma vegetação parcialmente destruída. Todo o meu esforço, na tentativa de reconhecer aquele lugar, pareceu insuficiente. Sentia-me esquisito e completamente desorientado, mas aos poucos fui me dando conta da realidade que me cercava. Notei que estava no fundo de uma ribanceira e, apesar da pouca iluminação, calculei uns quarenta ou cinquenta metros até o asfalto.

Pedaços da vegetação estavam espalhados por toda parte. Pairava no ar um odor que me pareceu de combustível misturado a borracha queimada. A essa altura, a chuva começava a diminuir, e uma densa nuvem de fumaça tornava-se ainda mais perceptível com os clarões provocados pelos constantes relâmpagos. Uma parte de mim passou a ser devorada por uma terrível angústia, pois o cenário que aos poucos se revelava à minha frente me conduzia ao óbvio: havíamos sofrido um grave acidente. Ao que tudo indicava, eu havia sido arremessado para fora do veículo e *milagrosamente* escapado da morte.

A cena a seguir revelava uma realidade aterradora. À distância de vinte metros aproximadamente, eu observava um amontoado de ferro retorcido e, ao redor do que restara do veículo, uma equipe de paramédicos e oficiais do Corpo de Bombeiros trabalhando freneticamente no resgate dos meus dois amigos. Tudo tinha de ser feito muito rapidamente, pois, em casos como esses, o tempo assume geralmente o papel de inimigo perverso e implacável. Alguns minutos a mais na hora do resgate poderiam significar a diferença entre a vida e a morte.

Douglas foi o primeiro a ser socorrido. Cautelosamente, seu corpo inerte foi removido do veículo. Em seguida, um dos paramédicos o examinou com o procedimento de praxe: checagem de respiração, batimentos cardíacos e pulso. O homem retirou o estetoscópio dos ouvidos, deslizando-o até a altura do pescoço. Em seguida, fez um sinal negativo com a cabeça, exibindo um olhar desolado e cansado. Douglas estava morto. Os meus olhos se encheram de lágrimas, meu coração transbordou numa tristeza sem fim. Qualquer coisa dentro de mim dizia que era bem provável que Edy também não houvesse sobrevivido ao desastre.

Enquanto a equipe trabalhava no não menos difícil resgate de Edy, percebi que dois sujeitos estranhos, vestindo roupas civis, acompanhavam de perto toda a movimentação. De tempos em tempos, olhavam em minha direção. Um deles, imagino que percebendo a minha indubitável aflição, veio ao meu encontro. Calmamente ele se aproximou, deu um breve suspiro e olhou-me direto nos olhos. Havia algo de funesto em seu olhar. Ele pousou suavemente a mão sobre meu ombro e, por fim, sussurrou:

— Você deve ser forte, meu amigo — sua voz era mansa, mas seu olhar ainda me aniquilava. — Se preferir, não precisa ver isso.

Não demoraria muito para que o meu temor se confirmasse. Edy também estava morto. O pobre rapaz teve o corpo completamente mutilado. "Triste maneira de morrer (se é que podemos dizer que exista alguma feliz)", pensei.

Entristecia-me e, ao mesmo tempo, intrigava-me, o fato de os meus dois melhores amigos terem suas vidas ceifadas de forma tão trágica, enquanto eu havia sobrevivido àquele acidente. Isso me parecia um tanto injusto e, de certa forma, lúgubre.

Após a retirada do corpo de Edy, o outro sujeito que acompanhava a ação da equipe de resgate também se aproximou de mim. Os dois homens trocaram olhares, sussurrando algumas palavras entre si, algo que me escapava à audição. Em seguida, voltaram-se para mim e me aconselharam a sair dali. Tive a impressão de que tentavam me proteger de algo. Concordei, pois os corpos dos meus dois amigos jaziam ali no chão e, por mais dura que fosse a realidade, não havia mais nada que eu pudesse fazer por eles. Contudo, no momento em que eu me preparava para acompanhá-los, observei que a equipe de resgate retirava mais alguma coisa dos destroços. Para minha surpresa parecia tratar-se de outro corpo. "Impossível, pois estávamos somente nós três no veículo", pensei. Os dois sujeitos misteriosos se entreolharam e houve um silêncio mortal quando, enfim, um deles afirmou, segurando-me levemente pelo braço:

— Não se preocupe. Está tudo bem. Venha, vamos sair daqui.

— Tire as mãos de mim, por favor — adverti.

A empatia inicial rapidamente cedeu lugar a um mau pressentimento. Algo sinistro estava acontecendo. E eu precisava saber o que era. Caminhei apressadamente em direção ao local onde os paramédicos retiravam o suposto corpo. Um breve sentimento de culpa consumia minhas entranhas. Ao finalmente chegar, vi algo que me deixou completamente estarrecido. Incrédulos, meus olhos se recusavam a acreditar no que viam. O corpo que jazia no chão ao lado dos corpos dos meus dois amigos era... o meu.

— Está surpreso, meu amigo? — indagou uma voz ao meu lado.

Era um dos dois homens que me persuadiam a sair dali anteriormente. Enquanto conversava comigo, o indivíduo observava o meu corpo pálido e sem vida estendido no chão.

— Pode me dizer o que está acontecendo? — perguntei, com o ar esvaindo-se dos pulmões.

— Você não imagina?

Ele sorriu.

— Isso é algum tipo de piada?

— Acalme-se, vamos lhe explicar — replicou. — Isto é exatamente o que parece. Você já era.

— Como assim?

— Você está morto, meu amigo.

Os dois estavam lado a lado.

— Não pode ser — disse eu.

Eles esboçaram um sorriso simultâneo e isso me irritou.

— Escute, não há razão para se preocupar. Tudo ficará bem. Você já não pertence mais a este mundo e vai ter de aprender a lidar com isso. Breve você vai entender que...

— Afinal de contas, quem são vocês? —interrompi-o.

— Samuel — respondeu o mais falante estendendo-me a mão direita.

Ainda mantinha no rosto um sorriso permanente, bem ao estilo Miss Universo, e isso continuava a me incomodar. Em seguida, o outro homem também se apresentou:

— E eu sou Gabriel.

Embora correndo o risco de parecer ridículo, não pude evitar a pergunta:

— O mesmo da Bíblia?

O homem esforçou-se para conter um breve sorriso, que me pareceu debochado. Foi o suficiente para eu entender a infantilidade da pergunta.

— Escute, meu rapaz, deixe-me esclarecer algumas coisas — Gabriel gesticulava enquanto falava. — É importante você saber que nós não somos nem anjos, nem santos, nem demônios, nem espíritos de luz, nem nada do gênero. Somos apenas dois sujeitos que estão aqui para ajudar.

— Ajudar em quê, necessariamente? Vocês também estão mortos? Novamente eles se entreolharam. Samuel sorriu calmamente.

— Não pergunte além do você que pode entender, meu amigo — respondeu Samuel. — Uma coisa de cada vez.

Cruzei os braços e, com cara de espantalho, limitei-me a esperar uma explicação razoável para aquele fato. Samuel, então, pôs-se a falar, olhando-me nos olhos:

— Bem, como eu estava dizendo, em breve você vai entender que nem tudo é como parece. Existem algumas coisas sobre a morte que a maioria das pessoas ainda desconhece. Quando se elimina todo o lado fantasioso em torno desse assunto, o que sobra nem sempre é agradável e esplendoroso como se espera. Não existe mágica, meu amigo. Você é o que é. E nada mais. A sua essência é o que conta.

— Certo, mas isso ainda não responde a minha pergunta.

Samuel assentiu.

— Diga-me, o que quer saber exatamente?

— Por que isso está acontecendo comigo? Por que meus dois amigos se foram e eu não? Qual o real motivo de eu ainda permanecer aqui? O que acontece depois que a gente morre?

— Acalme-se, Vinícius — disse Gabriel sem alterar o gentil tom de voz. — Uma pergunta de cada vez, por favor.

— Desculpem!

Samuel seguiu explicando:

— Não se preocupe com os seus amigos, pois eles estão bem. Estão livres para seguirem um novo caminho. Isso pode parecer um pouco paradoxal, mas, quando morremos, continuamos vivendo. Só que de uma maneira diferente daquela a que estamos acostumados. No momento certo, você saberá mais sobre isso.

— Desculpe a sinceridade, mas eu nunca ouvi tamanha besteira— ironizei.

Eles ignoraram meu comentário, o que me deixou mais aliviado, pois o arrependimento se abateu sobre mim no exato momento em que proferi tais palavras.

— Bem, o fato é que você não pode seguir adiante — disse Gabriel.

— Por que não?

— Precisamos de sua ajuda — respondeu Gabriel.

— O que posso fazer por vocês? — perguntei, permitindo-me novamente um tom irônico.

— Acha mesmo que isso aqui é uma brincadeira? — inquiriu Samuel.

— Desculpem. Digam: o que precisam?

— Precisamos — explicou Samuel — que você cumpra algumas missões aqui na terra, antes de seguir adiante.

— Que tipo de missão?

— Você saberá no momento oportuno — disse Gabriel. — Essa escolha não é nossa, meu amigo. Mas estamos aqui para auxiliá-lo no que você precisar.

Com expressões serenas, os dois homens responderam a todos os meus questionamentos. Disseram-me que casos como o meu são comuns. Existem pessoas que morrem e passam horas, dias, ou até meses, sem saber que não pertencem mais ao mundo dos vivos. Samuel explicou que isso ocorre porque algumas pessoas partem antes da hora prevista. Por isso não percebem que já morreram. O espírito dessa pessoa não assimila de imediato a nova realidade. A maioria precisa de ajuda para poder se adaptar a esse novo estágio de suas *vidas*.

Atiçou-me a curiosidade saber qual seria essa *missão* citada por eles. Mas, para minha decepção, disseram-me que também não sabiam.

— A nossa função é apenas ajudá-lo neste momento — disse Samuel, dando a entender que falava também pelo amigo.

Eu que, apesar de acreditar em Deus, nunca fui muito ligado à religião, comecei a perceber que a morte era bem mais complexa do que eu pensava. Sempre acreditei que, ao morrer, ou a pessoa ia direto para o céu (paraíso) ou ia direto para o inferno. Mas, agora, esses dois sujeitos me aparecem com essa história de que as coisas não são bem assim. Insisti para que me explicassem um pouco mais sobre os segredos do pós-vida.

— Vinícius, entenda que este ainda não é o momento. — disse Samuel. — Só poderá se aprofundar no assunto quando tiver cumprido todas as suas missões aqui na terra.

— Como sabem o meu nome?

— Sabemos mais sobre você do que você próprio — afirmou Gabriel lançando-me um olhar resoluto.

— Grande coisa! — dei de ombros. — Falem-me, então sobre essas *missões*. O que devo fazer?

— Você saberá — responderam em uníssono, como se houvessem ensaiado.

Quando me virei para lhes perguntar como eu deveria proceder a partir então, não estavam mais a meu lado. Os dois sujeitos desapareceram como num passe de mágica. A partir daquele momento, eu me dei conta de que a vida, da maneira como eu a conhecia, não me pertencia mais. Na verdade, nada jamais seria como antes. Ainda no intuito de confirmar meu próprio óbito, tentei falar com um dos paramédicos. Ninguém me ouviu e, como já era de esperar, ninguém me viu. Simplesmente içaram os corpos que jaziam dentro de sacos pretos sobre uma espécie de maca. Em pouco tempo, já não havia mais ninguém no local. Fechei os olhos, respirei fundo. Então comecei a me sentir como se estivesse flutuando. Lentamente, adormeci. Eu ainda não tinha consciência disso, mas todas as vezes em que eu despertasse, estaria diante de uma nova missão.

2

INOCENTES

Era uma cena insólita, capaz de nos remeter a um daqueles filmes de terror onde alguém sempre morre de maneira inesperada e estúpida. Havia uma estradinha de terra que conduzia a um beco sem saída. A rua terminava abruptamente, no meio da vegetação. Exceto pela trilha de acesso, a área era praticamente fechada por enormes árvores que adensavam a paisagem, dando um tom sutilmente rude ao local.

A velha estrada surgira no início da década de 1960, época em que o desmatamento era considerado reflexo de um modelo desenvolvimentista e de integração nacional. A trilha, assim como tantas outras, fora bravamente aberta por colonos que almejavam um futuro de riqueza e progresso. Tornara-se uma espécie de *ponto de encontro* entre os colonos e os caçadores que habitavam a região. Homens de vários vilarejos, a maioria gente humilde e pobre, costumavam se aglomerar naquele local para conversar, beber, contar os famosos *causos* — na sua grande maioria, fantasiosos — e, por fim, caçar, sendo esta última a atividade menos praticada, já que, na maioria das vezes, o que importava mesmo era a diversão e o encontro com os amigos. Cachaça, litros de uísque e enormes garrafões de vinho eram levados para a *prática da caça*.

Décadas mais tarde, após ser abandonado pelos caçadores, o local passou a ser frequentado, nos fins de semana, por grupos compostos quase sempre de jovens rebeldes e usuários de drogas. O local também se tornara o favorito das pessoas que buscavam um lugar ermo para a prática do sexo livre e despudorado, sobre capôs de carros, ou mesmo em lençóis estendidos sobre a vegetação rasteira, formando camas improvisadas. Parecia ser mais excitante e fazer mais sentido do que abrir mão de uns míseros trocados para obter o conforto e a privacidade de um quarto de motel.

Guimbas de cigarro, seringas descartáveis, pedaços de papel higiênico e preservativos usados compunham um cenário fétido e repugnante, criando uma visão surreal da degradação do ser humano.

Um intenso facho de luz vindo dos faróis de um veículo estacionado na beira da estrada auxiliava a lua, parcialmente encoberta pelas nuvens, na difícil tarefa de iluminar o local. Uma débil brisa alimentava a falsa sensação de calmaria no ar, pois, a todo instante, o silêncio era rompido pela intensidade do som emitido pelas vozes de três sujeitos postados uns dez metros à minha frente.

Pelo ríspido tom de voz de um dos homens, presumi que a inusitada situação sobrepujava a fronteira de uma simples e amistosa conversa. Contudo, a distância entre mim e eles não me permitia ousar um palpite sobre o que de fato ocorria.

À medida que me aproximava, pude constatar que um dos indivíduos gesticulava freneticamente e apresentava um comportamento mais agressivo em relação aos demais. Enquanto meus olhos curiosos testemunhavam aquela cena estranha, algo dentro de mim alertava-me para o pior. Uma atmosfera angustiante povoava o lugar. Lembrei-me das últimas palavras proferidas por Gabriel e Samuel e me ocorreu que possivelmente estivesse diante de uma das tais missões citadas por eles. Mas como confirmar isso?

Com extrema cautela, lentamente aproximei-me dos três sujeitos, que, para a minha surpresa, não se deram conta da minha presença. Não conseguiam me enxergar. "É verdade, estou morto; é justo que eles não consigam me ver", pensei, enquanto me vinha à mente a fisionomia serena de Gabriel.

A cena à minha frente era a seguinte: os três homens estavam numa intensa discussão. Dois deles permaneciam de pé, enquanto que o terceiro se mantinha numa posição menos honrosa: de joelhos. Supus que se tratasse de um assalto, mas, após uma avaliação mais atenta, descartei essa possibilidade, pois o teor e o tom da conversa conduziam a uma opção mais assustadora: uma execução.

Um dos homens estava visivelmente descontrolado. Sua voz grave e áspera rompia o silêncio da noite como uma espada samurai. Por um instante me ocorreu que não houvesse viva alma a quilômetros dali. Ainda sem entender o motivo da discussão, percebi que o indivíduo que se mostrava mais alterado fazia movimentos bruscos e desordenados com as mãos, gesticulando o tempo todo. O sujeito empunhava um revólver calibre 38 e, pela sua expressão sombria, parecia estar realmente disposto a usá-lo a qualquer momento.

O sujeito ajoelhado à sua frente não esboçava nenhuma reação. Mantinha-se absolutamente inerte e de cabeça baixa. Limitava-se a ouvir todos os insultos que lhe eram proferidos.

Intrigado, continuei a observar a grotesca cena, pois, embora eu tivesse sido enviado àquele local, ainda não sabia exatamente qual seria a minha missão ali. Diante dos fatos, era evidente que o pior poderia acontecer a qualquer momento. Contudo, pareceu-me mais prudente aguardar o momento certo, evitando assim o risco de tomar uma decisão equivocada. Antes de agir, era preciso me certificar de que eu estava no lugar certo, na missão certa.

Por um instante, tive a sensação de estar sufocando. O ar tornara-se mais denso e irrespirável. Mesmo com a leve brisa noturna que soprava, as árvores permaneciam estáticas. Nenhum barulho de folhas balançando. Nenhum ruído de tronco. Nada. Tudo o que se podia ouvir eram as ameaças do homem com a arma na mão. Havia um ódio mortal em seus olhos. Num gesto calculado, ele engatilhou a arma. O terceiro homem permanecia sem se manifestar. Apenas observava a cena enquanto lançava olhares para todas as direções, como se vigiasse o local.

Ignorando o que ocorria à minha volta, fechei os olhos por um instante e mergulhei num mundo de divagações. *Lembrei-me da ternura sempre presente nos olhos de minha mãe. A paz e a suavidade transmitida naquele olhar valiam mais do que mil palavras. Sua maneira carinhosa de olhar e de falar me transportava para um mundo mágico, onde nada podia me atingir. Uma fortaleza, longe de anjos e demônios, onde eu estava protegido de todo mal. Lembrei-me do abraço forte e protetor de meu pai; da sua voz rouca e firme, num perfeito contraste entre a suavidade e o cansaço; do seu jeito de sorrir. Percebi que as lágrimas me escorriam na face. Eu ainda tinha tanto para dizer! Mas não houve tempo. O anjo da morte, sempre implacável, chegou primeiro. Interrompeu todos os meus sonhos.* "E pelo jeito, a dama da escuridão estava por perto novamente, à espreita, esperando o momento de agir", pensei, já de volta à realidade.

Beneficiando-me do fato de não poder ser visto, aproximei-me um pouco mais, até ficar lado a lado com o homem que estava com a arma em punho. Senti que sua cólera me queimava. Seus olhos arregalados revelavam um lúgubre e incontrolável desejo de vingança. Sua respiração era ofegante e intensa. Minúsculas gotas de suor tomavam-lhe a face, deslizando por todo o corpo, indicando enormes manchas de suor nas axilas. Seu cabelo negro e liso, penteado para trás, deixava cair um punhado de fios sobre a testa. A atmosfera do local tornara-se insuportável, tensa.

— Você não merece viver— disse o homem resolutamente. —Vai pagar pelo que fez.

O cano da arma agora estava encostado na cabeça do sujeito ajoelhado. Surpreendeu-me sua reação, atípica à situação. Uma gargalhada foi o que se pôde ouvir do sujeito que estava na iminência da morte. Intuí que ele já não tinha dúvidas de que os seus dias de vida estavam chegando ao fim. Entretanto, seu comportamento não era o de quem temia ser assassinado. Agia como se não se importasse com o que a sorte, ou a falta dela, lhe reservava. Fitando seu oponente, o homem parecia um cordeiro que enfrenta seu algoz com um olhar desafiador antes do golpe de misericórdia. Não manifestava nenhuma emoção. Medo, ira, revolta. Nada.

Como um condenado à morte vivendo seus últimos minutos antes da execução, na cadeira elétrica ou por injeção letal, o homem aceitava passivamente todos os fatos. Todas as ameaças. Apenas esperava.

Prestes a presenciar um assassinato, eu me sentia impotente, por não saber que atitude tomar. Eu sabia que o tempo estava se esgotando e que era preciso tomar uma atitude rapidamente. Mas a minha missão ainda não me havia sido revelada. Eu não estava autorizado a intervir. Só poderia agir quando soubesse o verdadeiro propósito de ter sido enviado àquele lugar. Portanto, não me restava outra opção senão continuar observando e esperando, por mais que isso parecesse absurdo.

De repente, fez-se um silêncio sepulcral. Oito segundos se passaram sem que nenhuma palavra fosse proferida. O mundo parou. Todos ficaram imóveis, como numa imagem congelada de televisão. Os dois homens se entreolhavam. Havia uma fúnebre ligação naqueles olhares. Mesmo sem pronunciar uma única palavra, era evidente que um sabia exatamente o que o outro estava pensando. A suposta vítima sentiu o gélido cano do revólver encostar-lhe na testa. Não havia mais tempo para nada. Eu não conseguiria impedir aquele assassinato. O homem ajoelhado esboçou um sorriso enigmático e ao mesmo tempo aterrorizante. Com os olhos semicerrados, percebi que, involuntariamente, eu havia parado de respirar por vários segundos. Enquanto liberava aos poucos o ar que me restava nos pulmões, eu observava o homem com a arma em punho. Seu dedo indicador começou a mover-se lentamente. Fechei os olhos e — como uma criança que teme a escuridão ao ver simples sombras de objetos tornarem-se bichos-papões, monstros ou almas do além — desejei não estar ali. Pedi a Deus que tudo não passasse de um sonho ruim, um pesadelo. Mas aquele momento era bem real. Uma realidade implacável e inevitável. Não havia mais volta. O tiro já estava sendo deflagrado...

3

CAMINHOS

São João da Boa Vista – São Paulo.

Naquele entardecer, um sol resplandecente lançava os seus raios dourados com tanto esplendor, que até o mais pífio dos mortais se curvaria a tal beleza. O tique-taque do relógio confundia-se facilmente com o pulsar de um coração tranquilo. Assim dava-se o quotidiano naquela cidadezinha. Faltava-lhe a pressa descomedida, tão peculiar à maioria das grandes cidades. Quase tão serena quanto uma canção de ninar, a vida seguia seu ritmo cadenciado e incrivelmente agradável. Com delicada timidez, o tempo tardava, simplesmente deslizava, levando-nos a viver intensamente cada segundo.

Com pouco mais de oitenta mil habitantes, a simpática interiorana cidadezinha de São Paulo proporcionava uma vida simples, embora com uma qualidade invejável. Esse quotidiano de cidade pequena contribuía para que as pessoas interagissem mais, prestando mais atenção umas às outras.

O pároco da região, padre Vicente, um homem com uns cinquenta anos, no máximo, exibia um par de bochechas levemente rosadas e cabelos grisalhos já rareando. De posse do seu habitual tom de voz infinitamente zen, o eclesiástico sustentava que era capaz de identificar pelo nome todos os seus fervorosos fiéis. Na hora do sermão, o padre Vicente, que lembrava facilmente uma dessas figuras rechonchudas de história em quadrinhos, fazia questão de falar sobre a tranquilidade que a cidadezinha oferecia aos que nela residiam.

Os cidadãos mais idosos, na sua maioria aposentados, ainda preservavam o hábito de se reunir na pracinha central para conversar e realizar os famosos campeonatos de dama. Nos fins de semana, a mesma praça tornava-se o principal reduto daqueles que não abriam mão de uma boa conversa e do encontro com os amigos. Após o culto religioso, várias aglomerações se formavam, fosse para o galanteio dos mais jovens, à procura de um par, ou para o bate-papo dos que buscavam rever os amigos e jogar conversa fora.

O senhor Alfredo, dono de uma das mercearias da cidade, era um dos poucos moradores que não via com bons olhos as conversas na animada praça. Sua expressão sisuda denunciava um homem de hábitos conservadores.

— Para mim — grunhia ele, ao referir-se aos frequentadores do local —, não passa de um bando de mexeriqueiros!

Ostentando um pomposo bigode fora de moda, bem ao estilo dos usados pelos barões do café do Brasil imperial, o homem defendia que ficar de *conversinhas* em praças não lhe parecia um bom exemplo para a família. Para ele, era preciso resguardar a *moral* e os *bons costumes*, mesmo sabendo que a definição de tais termos difere de uma pessoa para outra. Tanto é verdade, que os demais moradores da cidade, especialmente os favoráveis ao local, sentiam-se desconfortáveis com os comentários do ancião. Era do conhecimento comum o temperamento ranzinza do pobre homem.

Assim como o inconfundível sotaque peculiar do interior, também faziam parte das tradições do local a boa educação e o trato amigável com as pessoas. Um bom-dia, seguido de um sorriso, ou uma boa-tarde, tornara-se expressão quase obrigatória em todos os lugares. Tal comportamento refletia-se positivamente nas estatísticas de violência na cidade. Pouquíssimos boletins de ocorrência eram registrados na delegacia. Raros casos de conflitos conjugais e pequenas confusões decorrentes de exagero no consumo de bebidas alcoólicas eram os fatos esporádicos registrados nos boletins.

Chico da Kombi, homenzinho vil, de pouco mais de um metro e sessenta de altura e uma enorme barriga, desproporcional à sua estatura, era uma dessas poucas almas que, devido às frequentes bebedeiras, tinha de dar explicações ao delegado João Ribeiro. Homem de poucas palavras, ligeiramente opulento, porém possuidor de grande sabedoria, o doutor Ribeiro, como era conhecido pela maioria das pessoas, orgulhava-se de jamais ter cometido qualquer arbitrariedade na sua profissão. A prudência se fazia soberana no momento de efetuar uma abordagem ou prisão. O delegado sustentava que o principal atributo da lei, pelo menos na teoria, é proteger os inocentes. Por isso seus policiais eram orientados a fazer com que a lei fosse cumprida a qualquer custo. Para ele, não havia distinção de cor, raça, credo ou posição social para que, quando necessário, o teor da lei fosse aplicado com toda a sua plenitude. "Para a lei, somos todos iguais", dizia resoluto.

Havia os que defendiam que o doutor Ribeiro não passava de um demagogo, falso moralista, sobretudo com aspirações políticas. Entretanto, se, por um lado, alguns condenavam sua conduta, por outro, muitos a aplaudiam. A família Vasquez compunha sua vasta lista de admiradores.

Marcelo Almeida Vasquez ostentava feições contraditórias à idade que lhe era atribuída, trinta e quatro anos. No rosto, aparentava ser bem mais jovem, talvez devido à expressão serena que conservara da adolescência. Apesar da vida nada fácil que levava, havia qualquer coisa de terno em seu olhar. A mesma ternura que conquistara o coração de Caroline, com quem se casara e tivera três filhos: Josefina, Juliana e Anderson, de três, oito e treze anos, respectivamente.

Nascido em Bertioga, Marcelo viveu parte da infância e toda a adolescência em São João da Boa Vista, para onde se mudara ainda criança, com os pais. A sinuosidade, que formava um emaranhado de avenidas, ruas, becos e velhas construções, tornara-se parte da vida de Marcelo, que ali cresceu, estudou, conheceu a primeira namorada e apaixonou-se algumas vezes, até encantar-se por Caroline, com quem se casou após dois anos de namoro.

Caroline era uma moça de estatura mediana, pele clara, de feições não muito privilegiadas. Não se podia negar, porém, que o seu carisma e empatia superavam perfeitamente qualquer fator menos favorecido pela beleza. Tinha grandes olhos castanhos que, quando se animavam, emitiam um brilho comparável somente ao das estrelas.

O casamento fora o que muitos consideram uma evolução natural daquele relacionamento. Logo vieram os filhos, enchendo o casal de felicidade e tornando a relação ainda mais sólida.

A pequena Juliana destacava-se entre os demais alunos da segunda série do Ensino Fundamental. Os constantes elogios dos professores denunciavam o dom que a criança tinha para o desenho. Os traços firmes denotavam habilidade na arte de criar imagens sobre uma folha de papel em branco. Havia um talento iminente ao esboçar a fisionomia das pessoas, paisagens, carros e flores, tendo esta última a preferência da pequena artista. A menina costumava passar horas trancafiada em seu quarto, dedicando-se aos desenhos. Não faltavam os que a incentivavam, incluindo os próprios pais, que, orgulhosos, matricularam-na num curso de desenho numa escola de artes plásticas da cidade.

A comunicação bem articulada e desembaraçada revelava uma desenvoltura que contrastava com a pouca idade de Juliana, conquistando todos à sua volta. Era fácil render-se aos encantos daquela menininha de bochechas enrubescidas, olhos esverdeados e cabelos levemente dourados. A simpática garotinha desenvolvera hábitos simples e uma rotina conhecida por todos. No período da manhã, estudava num colégio municipal e, à tarde, pelo menos duas vezes por semana, frequentava a escola de artes.

O senso de responsabilidade e solidariedade aflorava à medida que a garotinha crescia. Além de auxiliar a mãe nas tarefas domésticas, Juliana dedicava parte do seu tempo cuidando de Josefine, sua irmã mais nova, uma vez que Anderson estudava no período da tarde.

Um emprego como motorista de caminhão num depósito de materiais para construção fora tudo o que o nível escolar de seu pai, Marcelo, permitira para que ele provesse o sustento da família. Uma profissão digna, porém sem muitas perspectivas. Marcelo conduzia o seu velho Mercedes-Benz, modelo 1113, ano 1983, pelas ruas e avenidas da cidade e região. Contando com a ajuda e a disposição de Alcides, seu amigo e fiel escudeiro, ele percorria dezenas de quilômetros num frenético vaivém, cruzando o verdadeiro amontoado de traçados oblíquos que compunha o perímetro urbano de São João da Boa Vista. Conhecia cada esquina, cada beco e cada rua como a palma da mão.

A mútua afeição entre Marcelo e Alcides transcendia o companheirismo de trabalho. Era uma amizade verdadeira, que se refletia dentro e, principalmente, fora do local de labuta. Alcides era casado com Lúcia e pai das gêmeas Isabela e Rafaela, com três anos de idade.

Compondo um universo fartamente despretensioso, as duas famílias reuniam-se nos fins de semana, sob o pretexto de conversar e degustar um bom churrasco. Mas o que de fato importava era o cultivo da benevolência entre o grupo. Havia quem dissesse que o apreço de Marcelo por Alcides só era comparável ao de um irmão por outro. E a recíproca era verdadeira. Para atestar tal fato, sempre que um precisava de ajuda, lá estava o outro, prontamente solidário.

Nas indesejáveis, porém inevitáveis, contrações de Lúcia quando entrara em trabalho de parto das gêmeas, por exemplo, fora justamente Marcelo quem estivera lá para conduzi-la à maternidade, uma vez que o amigo Alcides não possuía carro. O espírito solidário entre os dois homens assumira uma reciprocidade quase utópica. Não foram poucas as vezes em que Marcelo também precisou do apoio do colega.

Se não na mesma intensidade, mas certamente bem próxima disso, a amizade estendia-se também à ala feminina, tornando Caroline e Lúcia confidentes nos assuntos relacionados à família e ao quotidiano.

Ao contrário de Caroline, Lúcia dedicava-se também, além dos afazeres domésticos, a trabalhar meio período como caixa de um grande supermercado da cidade. Na sua ausência, Eunice, sua irmã que viera do interior de Minas Geras, onde os pais moravam, assumia o papel de uma espécie de babá das gêmeas. O fato de cuidar das crianças fora determinante para que seus pais lhe permitissem vir morar na casa da irmã.

O senhor Hélio e a dona Elvira, pais de Marcelo, também moravam em São João da Boa Vista. Apenas três quarteirões os separavam da casa do filho. A idade já avançada não se mostrava empecilho nas constantes visitas aos netos. A pequena Juliana era a mais apegada aos avós. Na casa dos idosos, havia, na geladeira, sempre um bolo de chocolate ou qualquer outra guloseima esperando pelas crianças. O casal de aposentados jurava que o amor por cada um dos netos era proporcionalmente igual. No entanto, tornara-se evidente o paparico especial dedicado à pequena "Juli". Marcelo e Caroline protestavam contra o excesso de mimos dispensados às crianças pelos avós. Mas, no fundo, sentiam mesmo era ciúme do amor e do carinho que os pequeninos dedicavam aos avós.

4

O DESENHO

Naquela manhã, na aula de artes, a pequena Juliana dedicou-se ao que mais gostava de fazer. A professora Sonia, uma criatura adorável que exibia uma pele morena, olhos castanhos e cabelos ligeiramente ondulados, ordenou aos alunos que fizessem um desenho com o seguinte tema: algo de que mais gostassem, que considerassem importante em suas vidas. Após cumprir a tarefa, todos deveriam compor um texto de aproximadamente vinte linhas, descrevendo o próprio desenho.

Uma enorme e colorida borboleta, quatro flores de cores diferentes, um beija-flor e uma estrela extremamente brilhante ornamentavam a folha de papel sobre a mesa de Juliana. No texto ela narrava:

Tudo o que eu mais amo neste mundo é a minha família. A minha avó é tão linda quanto uma borboleta que está sempre fazendo companhia às flores. Meu pai, minha mãe, minha irmãzinha e meu irmão são flores que moram no meu jardim. O meu avô é um lindo beija-flor que voa livremente entre as flores e as borboletas, e eu sou uma estrelinha que brilha e ilumina o jardim.

Um breve sorriso iluminou o rosto da professora Sonia no momento em que ela pousou os olhos sobre o texto escrito por Juliana. Havia ali um singelo sentimento. Algo expressado a partir do ponto de vista de uma criança de apenas oito anos de idade. As poucas linhas encantavam pela magia e a simplicidade com que a garotinha declarava o seu amor incondicional pela família. Seu desenho retratava de forma absolutamente inequívoca as pessoas mais importantes em sua vida.

Os olhos da pequenina adquiriram um brilho fabuloso, quando a professora pediu que apresentasse o trabalho aos coleguinhas, lendo o texto em voz alta. Vaidosa e carismática, a menina não carecia de muito esforço para demonstrar aquele carinho ingênuo e despretensioso tão peculiar às crianças.

A concordância harmônica entre texto e ilustração chamou a atenção de vários professores do colégio, que viram naqueles traços delicados uma aptidão natural para a arte.

Ansiosa, a pequena artista mal via a hora de contar e mostrar a novidade aos pais. Fez o trajeto de volta para casa (quatro quadras) bem mais rápido do que o habitual, pois ficara entusiasmada com o desenho que conquistara a atenção de todos no colégio. Queria mostrá-lo à família.

Caroline estendia roupas no varal próximo a uma área de serviço, quando Juliana se aproximou e a beijou no rosto carinhosamente.

— Oi princesa, como foi na aula? — inquiriu Caroline.

A menina ofereceu-lhe um sorriso angelical.

— Legal! — respondeu.

A mulher continuou com os afazeres, quando percebeu que Juliana permanecia de pé, observando-a.

— Conte-me: como foi a sua manhã na escola? — perguntou ela fixando os prendedores nas peças de roupa que ainda restavam nas mãos. Em seguida, aproximou-se da filha.

— Desenhamos.

— Sério?

Ela fez que sim com a cabeça.

— Um desenho bem legal — concluiu.

— E será que eu posso ver essa obra de arte? — incitou Caroline, agachando-se e recebendo daquelas mãozinhas uma folha de papel ilustrada. Esforçou-se para conter as lágrimas, após lançar o olhar àqueles desenhos e ao texto da filha. Orgulhosa, Caroline abraçou a garotinha e a beijou afetuosamente. O momento dispensava comentários. O amor que emanava da voz e dos gestos das duas correspondia a algo bem maior do que qualquer palavra. Por alguns instantes, Caroline permaneceu afagando a filha. Logo em seguida voltou às tarefas do lar.

Algum tempo mais tarde, a garotinha pediu permissão à mãe para ir à casa dos avós. Queria mostrar-lhes o desenho. Faltavam-lhe o paparico e os elogios propositadamente exagerados dos avós.

— Filha, você sabe que eu não gosto que saia sozinha por aí — alertou Caroline.

— Ah! mamãe... — ela fez uma carinha de manha. — Eu só queria mostrar o meu desenho pra eles.

— É perigoso, princesa.

— Mas é o mesmo caminho da escola — retorquiu Juliana.

Depois, fazendo um biquinho:

— Prometo que tomarei cuidado.

— Tudo bem, mas a orientação é a mesma que de quando vai à escola: jamais fale com estranhos. Entendeu?

Juliana meneou a cabeça com uma expressão que parecia emprestada de algum querubim e ficou na ponta dos pés enquanto beijava Caroline no rosto. Um minuto depois, ela já havia rumado para a casa dos avós.

Caroline nem percebera o tempo passar, quando Anderson irrompeu porta adentro feito um furacão. A habitual entrada espalhafatosa era parte de um plano para chamar a atenção da mãe, que sempre o presenteava com um afetuoso abraço acompanhado de um afago nos cabelos.

Mas naquela tarde, ao ver o filho chegar, Caroline se deu conta de que umas três horas haviam se passado desde que a menina fora à casa dos avós. Sentiu-se tomada por um sopro de preocupação. Uma breve culpa também se fazia presente, pois sabia que havia sido negligente em relação à demora do passeio da filha. Mal tinha percebido o tempo passar. Por isso se apressou em ordenar a Anderson que fosse imediatamente buscar a irmã, pois já passara da hora de a menina estar de volta.

Dona Elvira estava postada como uma estátua no meio de um jardim repleto dos mais variados tipos de flores. Podava as roseiras de maneira tão habilidosa, que era difícil acreditar que alguém que não usava luvas jamais se ferira com tal atividade. Ela ergueu os olhos em direção ao neto ao vê-lo se aproximar.

— Ué, a Juli não quis vir com você? — perguntou.

— Vim buscá-la, mamãe está preocupada — exclamou Anderson, ligeiramente desconcertado com a pergunta da avó.

— Estou bem, meu filho. Diga a sua mãe que não precisa se preocupar comigo.

—Não é a senhora, vovó. Eu me refiro à Juliana.

Os dois trocaram olhares confusos, como se houvesse um grande ponto de interrogação no ar. Mas logo a expressão no rosto da velha tornou-se tão séria quanto pálida.

— O que houve com a minha pequena? — balbuciou dona Elvira, cruzando as duas mãos sobre o peito.

O garoto não respondeu. Atirou-se em direção à porta principal. Seu coração pulsava como um trem desgovernado, mas seu cérebro tentava induzi-lo a manter a calma. Imaginou que talvez Juliana estivesse escondida em algum cômodo da casa, divertindo-se e tentando pregar-lhe uma peça.

— Não tem graça nenhuma! — exclamou Anderson lançando um olhar contundente por todo o ambiente, certo de que a irmã o ouvia.

Seus olhos se depararam com um rosto flácido que mantinha os olhos grudados na televisão. Um programa sobre dramas de família, ou algo do gênero, era exibido naquele exato momento.

— O que foi meu filho? — inquiriu o senhor Hélio, girando placidamente o corpo em direção ao neto.

Anderson o ignorou. Limitou-se a vasculhar cada cômodo da casa. A essa altura, uma figura quase fantasmagórica postava-se em frente à porta. A palidez anterior de dona Elvira assumia agora um tom tão acentuado, que se tinha a impressão de que não restava nenhuma gota de sangue a habitar aquele corpo recurvado pelo peso da idade.

Convencido de que a irmã não estivera na casa dos avós, Anderson contou-lhes o que acontecera.

— Santo Deus! — exclamou dona Elvira postando a mão direita sobre os lábios.

Juliana não chegara à casa dos avós. E também não retornara para casa. Tudo levava a crer que a menina desaparecera no trajeto. Logo o sentimento de ansiedade que se apoderara de todos deu lugar a uma intensa preocupação. Marcelo foi avisado do ocorrido, e uma frenética procura pela menina começou.

Quatro horas haviam se passado desde o início das buscas. Diversas ruas foram vasculhadas, toda a vizinhança foi alertada, todos os possíveis lugares onde a menina poderia estar foram checados. Nada foi encontrado. Finalmente, a polícia foi acionada.

¤¤╪¤¤

— Como assim, esperar? — inquiriu Marcelo, acomodado numa pequena cadeira em frente à mesa do delegado da 16ª Delegacia de Polícia. Postada a seu lado, Caroline fitava o homem da lei.

— Temos de esperar, senhor Marcelo — insistiu o delegado. — Creio que não há nada que possamos fazer no momento.

— Deixe-me ver se eu entendi direito. A minha filha sumiu, está perdida por aí, e você está me dizendo que eu devo esperar?

— Isso mesmo. É o procedimento padrão — retorquiu o delegado com gestos comedidos. — Não podemos fazer nada, pelo menos por enquanto.

— O doutor deve estar de brincadeira!

— É a lei, meu amigo. Acredite, não há outro jeito, exceto esperar.

Afirmando estar consciente de suas responsabilidades, o doutor Ribeiro procurou acalmar Marcelo e lembrou-lhe que, de acordo com as leis brasileiras, a polícia só pode considerar uma pessoa oficialmente desaparecida após quarenta e oito horas (em alguns estados, até setenta e duas horas) do seu desaparecimento. O registro do Boletim de Ocorrência (B.O.) teoricamente só poderia ser feito após esse prazo. Entretanto, consta na Lei nº 11.259, de 30 de dezembro de 2005, o seguinte:

A investigação do desaparecimento de crianças ou adolescentes será realizada imediatamente após notificação aos órgãos competentes, que deverão comunicar o fato aos portos, aeroportos, Polícia Rodoviária e companhias de transporte interestaduais e internacionais, fornecendo-lhes todos os dados necessários à identificação do desaparecido.

Essa mesma lei acrescenta dispositivo à Lei nº 8.069, de 13 de julho de 1990 (Estatuto da Criança e do Adolescente), que determina investigação imediata em caso de desaparecimento de criança ou adolescente. Mas a verdade é que a maioria das delegacias de polícia afirma não ter disponibilidade de efetivo qualificado para iniciar as investigações no ato do comunicado de desaparecimento. Por isso continuam com o procedimento das quarenta e oito (ou setenta e duas) horas.

Na verdade, Marcelo já sabia disso. Mas era a sua filha quem havia desaparecido. E raciocinar com alguma lógica, naquele momento, parecia algo impossível. Sabendo que a polícia não podia fazer nada, pelo menos oficialmente, Marcelo disse ao delegado que seguiria procurando a filha por conta própria, antes que fosse tarde demais.

— Entenda, meu amigo, que não posso fazer nada como delegado — disse o comissário, sensibilizado com a aflição de Marcelo. — Mas vou ajudá-lo como amigo, de maneira extraoficial.

Novas buscas foram organizadas pelos dois homens. Mas os resultados iniciais não eram animadores. Marcelo e o delegado conversaram com muitas pessoas, visitaram inúmeros estabelecimentos comerciais, abordaram vários motoristas nas ruas. Ninguém havia visto a menina. Nenhuma informação, nenhuma pista. Nada. Durante aproximadamente quatro horas e meia, os dois homens percorreram boa parte das tortuosas ruas da cidade à procura de Juliana. Quando já estavam retornando, após vasculharem vários bairros vizinhos, Marcelo e o doutor Ribeiro perceberam a presença de um mendigo sentado sob um viaduto desativado.

O local já era bem conhecido da polícia local, pois frequentemente grupos de vagabundos, bêbados e usuários de drogas se reuniam ali, longe dos olhos da sociedade. No início, a polícia costumava coibir tais grupos, mas logo atribuiu o problema ao poder público, que, por sua vez, culpou o sistema.

Marcelo e o delegado aproximaram-se do local onde estava o homem. Estranhamente só se encontrava ele por ali. O doutor Ribeiro deduziu que a *liga* dos vagabundos da cidade possivelmente havia encontrado um novo lugar para a algazarra. Os dois homens se aproximaram um pouco mais.

— Olá, amigo, posso lhe fazer algumas perguntas? — inquiriu Marcelo.

— Eu não sou seu amigo — resmungou o mendigo, com os olhos grudados numa revista cujas páginas estavam tão encardidas, que era difícil decifrar o que era impressão e o que era sujeira. — E, caso não tenha percebido, você já está me fazendo uma pergunta.

Diante da resposta do mendigo, o delegado Ribeiro teve de se conter para não rir. Afinal, o homem era mais esperto do que parecia.

— Por acaso viu esta criança? — perguntou Marcelo, exibindo uma foto de Juliana.

— Não! — respondeu o homem sem desviar os olhos da revista.

— Não, o quê? — insistiu Marcelo.

— Não sei de nada.

Nesse momento, o delegado esfregou a palma de uma das mãos no queixo, como quem analisa a situação. Teve a impressão de que o homem tentava propositalmente confundir Marcelo.

— Pelo menos olhe para a foto — protestou Marcelo ainda segurando o retrato diante do homem.

O mendigo deu de ombros.

— Você acha que estamos aqui brincando?... — Marcelo exibia uma fisionomia carrancuda. — Este homem a meu lado é um delegado de polícia. Por isso, se eu fosse você, pensaria melhor antes de nos dar qualquer resposta.

O homem dirigiu o olhar para a foto e, dessa vez, analisou-a com atenção.

— Pensando bem... pode ser.

— Você poderia ser um pouco mais claro?

— Eu acho que vi uma garotinha semelhante a essa da foto — disse o mendigo, agora com a expressão de quem estava fazendo o maior sacrifício do mundo.

Com total desembaraço e um português aparentemente correto, ele prosseguiu:

— Ela estava conversando com um homem bem naquela esquina ali — disse o mendigo apontando na direção do cruzamento de duas das tantas ruas do bairro.

— Quem era esse homem? — perguntou o doutor Ribeiro, pronunciando-se pela primeira vez desde que chegara.

— Não sei, nunca o vi antes.

— E a menina, que roupa usava?

— Não me lembro.

— Faça um esforço.

— Já disse que não me lembro — agora o mendigo passava a demonstrar desconforto com as perguntas. —Mas ela não me parecia estar sendo sequestrada, pois conversava normalmente com o homem.

Diante da afirmação, Marcelo e o delegado começaram a considerar a hipótese de que a garota descrita pelo mendigo não fosse Juliana. A razão era simples: tal comportamento não era condizente com as atitudes da criança. Desde muito cedo Juliana fora orientada a nunca conversar com estranhos. Contudo, Marcelo sabia que, na prática, a coisa não funciona bem assim, pois as crianças são facilmente induzíveis e, por essa razão, geralmente tornam-se presas fáceis da persuasão de mentes doentias.

— Talvez — disse Marcelo ao delegado — o que esse mendigo viu foi um pai caminhando normalmente com sua filha.

— É, pode ser. Mas assim que tivermos o desaparecimento oficializado, esteja certo de que eu voltarei a interrogar esse cidadão — assegurou o doutor Ribeiro.

— O que é que eu vou ganhar, agora que eu já dei a informação que vocês queriam? — perguntou o mendigo, esperando ser recompensado.

— Pega aí! — disse o delegado estendendo um cartão de visitas na direção do homem.

— E para que isso vai me servir? — protestou ele.

— Caso volte a ver esse homem que você afirma ter visto com a menina, por favor, telefone-me.

— Telefonar com o quê? Eu não tenho dinheiro, doutor!

O delegado procurou nos bolsos e deu ao mendigo um cartão telefônico e uma nota de dez reais. O homem sorriu.

O doutor Ribeiro sabia que confiar num bêbado vagabundo não era uma das melhores alternativas. A desenvoltura com a qual o sujeito se expressava fez, no entanto, com que ele lhe desse algum crédito.

— Muitas vezes essas pessoas vão parar nas ruas por pura falta de opção — disse o delegado.

Marcelo assentiu. Porém não fez nenhum comentário.

No caminho de volta, o delegado garantiu a Marcelo que faria o seu melhor para encontrar a menina.

— Vamos encontrá-la. Pode apostar!

— Só espero que não seja tarde demais.

— O relato do mendigo pode ser uma boa pista — disse o delegado. — Vamos localizar esse sujeito que ele afirma ter visto com uma criança.

E, se esse cidadão tiver alguma ligação com o desaparecimento da sua filha, nós vamos descobrir.

— Minha filhinha está perdida por aí, precisando da minha ajuda, e eu não estou conseguindo ajudá-la — lamentou Marcelo levando as mãos ao rosto. Algumas lágrimas brotaram ali.

— Tente manter a calma. Talvez (veja, eu digo *talvez* por que ainda não temos nada de concreto) a pessoa que a raptou, se é que existe um sequestro, entre em contato para pedir um resgate.

— Não acredito nessa hipótese.

— Devemos considerar todas as possibilidades.

— Não sou um homem de muitas posses. Todos sabem que eu não tenho onde cair morto.

— E quanto aos seus inimigos... Tem muitos?

— Que eu saiba, não.

— Notou algo estranho recentemente, algo incomum?

Marcelo arqueou uma das sobrancelhas, lançou um olhar inquisitivo ao doutor Ribeiro.

— Está me interrogando, delegado?

— Não. Estou apenas reunindo o maior número de informações possível. Isso o incomoda?

— Só acho que está perdendo o seu tempo. Esse não é o caminho, delegado — disse Marcelo, refletindo sobre o sentido da palavra amizade. Conhecia o delegado há anos.

Houve um longo silêncio. Ninguém ousava dizer uma palavra. Até que o doutor Ribeiro arriscou:

— Fique sossegado, vamos vasculhar esta cidade. Vamos virá-la de cabeça para baixo, se for preciso. Mas vamos encontrar a sua filha.

Não houve resposta, e os dois seguiram cada um para o seu destino.

¤¤╪¤¤

No terceiro dia do desaparecimento de Juliana, o verão castigava, mostrando toda a sua intensidade. Fazia um calor infernal. Os termômetros marcavam trinta e nove graus quando Marcelo bateu, antes de entrar na sala do delegado. Mera questão de educação e formalidade, pois fora anunciado pelo policial da recepção.

Encontrou o doutor Ribeiro com os olhos fixos na tela do computador. Sem desviar o olhar, ordenou que Marcelo se sentasse.

— Alguma novidade, delegado?

— Solicitei que fosse feito um levantamento de todos os crimes envolvendo sequestro de criança nos últimos dez anos — disse o delegado lançando um rápido olhar na direção de Marcelo. — É importante termos os nomes dessas pessoas em mãos, pois, conforme lhe disse anteriormente, temos de considerar todas as hipóteses.

Marcelo ignorou o que acabara de ouvir. Não estava interessado em dados, pelo menos naquele momento. Sabia que cada minuto era importante e, a exemplo da sua esposa Caroline, começava a alimentar um mau pressentimento.

Conforme prometera o delegado, após as quarenta e oito horas de praxe, ele, pessoalmente, passou a chefiar as buscas por Juliana. Reuniu três dos seus melhores policiais para fazer diligências por toda a região.

As abordagens, as prisões, as conversas informais, os interrogatórios, nada escapava ao olhar atento e minucioso do delegado Ribeiro.

Várias pistas foram seguidas pelos policiais já no primeiro dia de investigação, mas nenhuma fornecia informações que levassem ao paradeiro da menina. Dezenas de pessoas foram intimadas a depor sobre o caso, mas todas tiveram seus álibis confirmados. O mendigo — o mesmo que conversara com Marcelo e o delegado — não fora mais visto no local onde costumava ficar. Os policiais chegaram a fazer campana nas proximidades do viaduto, mas não conseguiram localizá-lo.

Após seis dias de investigação, não havia absolutamente nenhum fato novo, nada que levasse a polícia a uma informação segura sobre o que realmente havia acontecido com a pequena Juliana. A família se desesperava, pois entendia que, à medida que o tempo passava, mais difícil se tornaria a investigação.

Cansado de esperar os resultados da polícia, Marcelo decidiu investigar por conta própria. Resolveu ligar para Alcides, seu fiel companheiro de trabalho e amigo de longa data. O telefone tocou três vezes antes que alguém atendesse.

— Preciso que me ajude a encontrar minha filha — disparou Marcelo ao ouvir a voz do amigo do outro lado da linha. — A polícia está patinando no seco. Os investigadores não conseguiram nenhuma pista concreta até agora. Acho que terei de agir por conta própria.

— Fique tranquilo, vou ajudá-lo no que for necessário.

— Vou começar uma investigação paralela, entende? Não posso ficar só esperando.

— Concordo com você, mas não podemos tratar disso por telefone.

— Certo, a gente se fala depois. Tenho um plano.

Marcelo estava obstinado. Nada nem ninguém o faria mudar de ideia. Estava disposto a descobrir o que havia acontecido com a sua filha, mesmo que isso fosse a última coisa que fizesse na vida. E o amigo Alcides já havia confirmado o seu apoio na árdua tarefa, pois pedira que suas férias fossem antecipadas em função do problema. O dono da empresa onde ambos trabalhavam já havia manifestado sua solidariedade a Marcelo e concedeu, sem problemas, as férias solicitadas por Alcides.

Após alguns dias de investigação, Marcelo e Alcides conseguiram encontrar novamente o mendigo. O sujeito fora localizado nos arredores do município, em um bairro afastado, já na saída da cidade. Havia algo de estranho nele. Parecia estar mais assustado do que da última vez. Marcelo e o amigo se aproximaram e, por um instante, tiveram a impressão de que o mendigo queria fugir.

— Ei, espere! — bradou Marcelo. — Só queremos conversar com você.

O homem se encolheu inteiro. Por alguma razão, ele estava visivelmente apavorado.

— Por favor, moço, eu não sei de nada! — retrucou o sujeito, agarrando-se à velha mochila.

— Calma!

— Deixe-me em paz, eu já disse que não sei de nada!

Nesse momento, um objeto dentro da velha mochila entreaberta do mendigo chamou a atenção de Marcelo. Era algo que parecia uma pasta, dessas transparentes. Marcelo lembrou-se imediatamente de que a filha costumava guardar os desenhos numa pasta de polipropileno. Estremeceu.

— O que tem aí dentro? — inquiriu Marcelo apontando em direção à mochila.

— Não é da sua conta!

— Preciso ver o que você tem aí dentro. Por favor, abra a mochila.

—Vá se ferrar! — vociferou o mendigo.

— Abra essa maldita mochila agora!

O homem fez menção de correr, mas já era tarde demais. Alcides se lançara velozmente sobre ele, aplicando-lhe o golpe popularmente conhecido como gravata. O homem estava imobilizado.

Marcelo arrancou-lhe a mochila das mãos e, de dentro desta, retirou uma pasta amarela. Algo lhe dizia que aquela era a pasta de Juliana.

— Seu miserável... Onde conseguiu essa pasta? — berrou Marcelo, com o dedo indicador a meio palmo do nariz do mendigo.

— Sei lá... por aí — respondeu o homem, com certa dificuldade em respirar devido à pressão do golpe aplicado por Alcides.

Marcelo estava a ponto de perder o controle, quando o amigo o alertou: uma pasta não era motivo suficiente para agressão. Tratava-se de um objeto comum. Qualquer pessoa podia ter uma dessas. Isso não provava nada.

Assumindo novamente uma postura mais racional, Marcelo pediu que o amigo soltasse o homem, que, a essa altura, tiritava como se a temperatura estivesse abaixo de zero. O pai de Juliana não queria ser injusto. Por isso decidiu investigar antes de tomar qualquer decisão precipitada sobre o mendigo. Decidiu deixá-lo ir. Mas não sem antes adverti-lo de que, se ele tivesse alguma coisa a ver com o desaparecimento de Juliana, pagaria muito caro por isso.

Mais tarde, após expor os fatos, Marcelo confirmou com Caroline que a filha estava, sim, de posse de uma pasta amarela na tarde em que desaparecera.

¤¤╪¤¤

No mesmo dia, Marcelo e Alcides retornaram ao local onde conversaram com o mendigo. Não havia mais ninguém lá. O homem já havia deixado o local.

Um sentimento de culpa e desespero começou a povoar o coração do pai de Juliana. Não conseguia se perdoar por ter deixado escapar por entre os dedos a única pista aparentemente concreta sobre o desaparecimento da filha. Brotava-lhe nas entranhas a mórbida certeza de que o tal mendigo estava envolvido até o pescoço na história.

Os dias que se seguiram tiveram exatamente o mesmo desfecho. Nenhum sinal do mendigo. O homem parecia ter-se evaporado. Vários bairros foram vasculhados. Albergues, hospitais e até delegacias das cidades vizinhas foram inspecionadas.

À medida que o tempo passava, a angústia se apoderava da família, que não sabia mais o que fazer. Marcelo e a esposa chegaram a acreditar que poderia tratar-se de um possível tráfico internacional de crianças, já que esse tipo de informação era veiculado frequentemente nos noticiários de todo o país. Mas o episódio do mendigo o intrigava. Passou a acreditar que o sem-teto era possivelmente o culpado pelo sumiço da garota. "Deixá-lo escapar foi um erro primário", repetia Marcelo em voz baixa, atormentando-se.

Durante todo o período de investigação, a polícia chegou a vários suspeitos de serem os raptores de Juliana. Mas todos foram ouvidos pelo delegado e liberados em seguida. Não havia nada que os incriminasse. Todos tinham ficha limpa e álibis absolutamente convincentes.

Álvaro B. Firmino, o dono da panificadora onde Juliana passava habitualmente, foi uma dessas pessoas intimadas para depor. O sujeito tinha cara de Papai Noel. Descendente de holandeses, exibia uma cabeleira longa e grisalha que se embrenhava em uma barba da mesma proporção, amarelada pelos muitos anos de consumo de tabaco. Grandes olhos azuis e bochechas rosadas lhe conferiam uma expressão de seriedade quase permanente.

Ao contrário do "Bom Velhinho", porém, ter acesso ao sorriso de Álvaro era quase como ver alguém do alto clero religioso desfilando em uma escola de samba na Sapucaí.

Seu depoimento, a exemplo dos demais, isentou-o de qualquer suspeita sobre o desaparecimento de Juliana. O próprio delegado Ribeiro, homem de brio, acostumado a não desistir facilmente, começou a achar que o caso poderia ser mais complicado do que imaginara.

No dia seguinte, após retornar de mais uma busca sem sucesso, Marcelo ouviu o seu celular tocar. Do outro lado da linha, a voz firme do doutor Ribeiro indicava que surgira alguma novidade.

— Preciso que venha à delegacia, imediatamente — disse o delegado de forma sucinta.

— O que houve?

— Não posso falar por telefone, venha já para cá! — ordenou ele, encerrando a ligação.

Dezenas de pensamentos galgavam a cabeça de Marcelo, quase na mesma velocidade com que a paisagem distorcida cruzava a janela do carro. O delegado tinha uma informação, enfim, mas o que seria?

Alguns minutos mais tarde, já na delegacia, Marcelo seguiu direto para a sala do doutor Ribeiro. Ao entrar, encontrou-o conversando com dois investigadores.

— Que bom que você chegou — disse o doutor Ribeiro lançando-lhe um rápido olhar. — Venha, quero que veja alguém.

— Não me diga que pegou o desgraçado. Onde ele está?

Os agentes se entreolharam. Uma acentuada linha de expressão surgiu na testa do delegado.

— Venha comigo — disse o doutor Ribeiro, resoluto.

Os dois rumaram em direção à saída da delegacia. Antes de deixar a sala, Marcelo observou, num enorme relógio de parede cujo visor estampava o escudo da corporação, que já passava das 19h30m.

O delegado entrou num veículo sem a caracterização da polícia e fez um gesto com a cabeça indicando que Marcelo devia ocupar o banco do carona. Em seguida, arrancou com o veículo, fazendo um ruído estridente enquanto os pneus traseiros patinavam deixando dois grandes riscos no asfalto.

Dezesseis quadras haviam ficado para trás quando o delegado estacionou o veículo. O doutor Ribeiro desceu do carro e indicou que Marcelo o acompanhasse até o outro lado da rua. Enquanto caminhavam, Marcelo se surpreendeu com um sujeito que surgiu das sombras estendendo-lhe as mãos em busca de uma esmola. Lembrou-se do mendigo por quem estivera procurando nos últimos dias. Por um instante, perdeu-se em pensamentos que o remeteram ao mundo, nada digno, das ruas. Passou a visualizar aquelas pobres almas de vestes esmolambadas que tinham como cama pedaços de papelão e, como cobertor, jornais velhos. O odor característico da falta quase absoluta de higiene impregnava o ambiente, incomodando as narinas. Sorrisos desdentados, hálitos de cachaça barata.

Mas, talvez, o que mais o perturbava era o olhar opaco de um indigente. A visível falta de esperança, de perspectiva, de amor próprio.

O som distante da voz do delegado o fez voltar à realidade. Percebeu que estavam em frente ao Instituto Médico Legal (IML) da cidade.

— Venha por aqui — disse o delegado, seguindo em direção a um imenso corredor cuja débil iluminação dava um aspecto assustador ao lugar. — Preciso que veja algo

O doutor Ribeiro caminhava de forma tão apressada, que Marcelo mal conseguia acompanhá-lo. À medida que avançavam, um temor avassalador triturava o coração do pai de Juliana, que se apegava desesperadamente a qualquer fio de esperança de que a filha estivesse bem, embora soubesse que os atuais fatos começavam a tomar rumos cada vez mais alheios a um desfecho favorável.

— Por favor, entre — disse o delegado, abrindo uma porta do que parecia ser uma sala de autópsia.

Marcelo entrou, mas esperou que o doutor Ribeiro fosse à frente. O delegado o conduziu até o ponto onde havia algo que parecia uma espécie de mesa e, sobre ela, um corpo coberto por um enorme lençol branco. Ao longo daquela silhueta surgiam pequenas manchas num tom vermelho-escuro, dando indícios de ser sangue.

O delegado reclinou-se sobre aquele corpo sem vida e lentamente puxou a parte do lençol que cobria o rosto do defunto.

— Reconhece? — perguntou ele.

Marcelo dirigiu o olhar à face do cadáver. Seu rosto imediatamente assumiu uma tonalidade quase igual à do falecido à sua frente.

— Mas que droga! — praguejou ele ao identificar que o morto era o mendigo. — Não dá para acreditar nisso!

— Lembra-se do sujeito?

— Claro, eu estive procurando por ele nos últimos... — interrompeu a frase no meio, lembrando-se de que não comunicara o doutor Ribeiro sobre sua investigação paralela. — Bem, deixa pra lá!

— Foi encontrado agora à tarde num terreno baldio.

— Como ele morreu?

— Ainda não sabemos. Só a autópsia poderá nos dar alguma ideia do que realmente aconteceu com o infeliz.

— Parece brincadeira!

— O quê?

— A única pessoa capaz de nos dar alguma informação sobre o desaparecimento da minha filha aparecer morta, de repente. Diga-me: isso não lhe parece estranho, delegado?

O doutor Ribeiro pensou por alguns segundos, antes de responder:

— Vamos descobrir o que houve com ele.

— Sei! — respondeu Marcelo, demonstrando desânimo.

O doutor Ribeiro explicou que o corpo do homem havia sido encontrado poucas horas antes por um transeunte, que, sem se identificar, telefonou para a polícia, dizendo apenas que havia encontrado o corpo de um homem e que possivelmente se tratava de um cadáver "desovado" por gangues em um terreno baldio, na Vila Santa Helena, um dos bairros mais violentos da cidade.

Ao informar o fato à polícia, o homem, que afirmara ter observado o corpo somente a distância, imaginara tratar-se de um viciado em drogas executado por algum traficante dono de uma possível boca de fumo na região. Embora o índice de violência na cidade fosse consideravelmente baixo, a possibilidade de um acerto de contas existia.

Tal hipótese seria descartada mais tarde com a chegada dos policiais ao local. Os agentes Robson e Luciano foram os primeiros a chegar à cena do crime. Antes mesmo da chegada dos peritos, eles já descartavam essa possibilidade. Experientes, eles sabiam que, nesses casos, a vítima é executada com tiros à queima-roupa, geralmente na cabeça. Mas o corpo não apresentava nenhuma perfuração de projétil.

Após a chegada da segunda viatura da polícia, alguém reconheceu o corpo como sendo de um ambulante conhecido apenas pelo apelido de "Noel". O sujeito fora visto por policiais em diversos pontos da cidade, sempre em aglomerações formadas por vagabundos, bêbados, andarilhos e viciados em droga. Contudo, a pobre alma nunca fora necessariamente um problema para a polícia, pois, embora o ambiente e as companhias não fossem dos mais propícios, este nunca chegara a se meter em confusão. Podia-se dizer que o seu grande defeito era o consumo excessivo de bebidas alcoólicas.

O doutor Ribeiro explicou, de maneira informal, que o corpo do homem não apresentava, inicialmente, nenhum sinal de violência. Mas isso só poderia ser oficialmente confirmado após a autópsia. Tudo o que se tinha, até o momento, eram conjecturas que levavam à possibilidade de o homem ter sido vítima de um ataque cardíaco fulminante enquanto dormia, uma vez que o corpo fora encontrado em posição fetal, o que poderia indicar que, ao deitar-se, o sujeito tivera os batimentos cardíacos subitamente interrompidos.

Embora todas as evidências iniciais conduzissem a essa hipótese, nem Marcelo, nem o delegado acreditavam, de fato, que o mendigo houvesse morrido de causas naturais. Marcelo sustentava a possibilidade de que o mesmo homem responsável pelo sumiço de Juliana também fosse o responsável pelo assassinato do andarilho. O doutor Ribeiro, contudo, mostrava-se mais cauteloso em fazer determinadas conjecturas. Para o pai de Juliana, se a polícia conseguisse chegar ao assassino do mendigo, também chegaria ao sequestrador de sua filha.

O sinuoso caminho da incerteza alargava-se diante de Marcelo, tornando-se uma opção cada vez mais considerável. Embora relutasse heroicamente, o pai de Juliana começava a considerar a dura possibilidade de a filha estar morta.

Como um condenado à morte, que rabisca na parede da cela cada dia vivido no cárcere, Marcelo passara a contar os dias de ausência da filha. Era difícil ter de admitir, mas havia mesmo um cenário desanimador apontando para a condição de a polícia jamais chegar ao culpado pelo desaparecimento da menina. A sensação de impotência o arrastava para um abismo sem fim, onde, por mais que tentasse voltar à superfície, não percebia nenhum indício de que voltaria a enxergar a luz. O sentimento de vingança, que brotara timidamente em seu coração, agora assumia proporções gigantescas, fazendo-o trilhar um caminho sem volta. Sentia mesmo que grande parte de sua bondade e generosidade desaparecera junto com a filha.

¤¤┼¤¤

A luz do dia começava a se despedir e grandes manchas douradas se estendiam num céu débil, quando Marcelo e Alcides retornavam de mais um lamurioso e frustrado dia de buscas. Os dois homens decidiram passar em uma oficina mecânica, pois o veículo de Marcelo apresentara problemas durante o dia.

Silvoney era uma espécie de *mecânico de confiança* do pai de Juliana. Sempre que tinha problemas com o seu Corcel 1978, Marcelo confiava a ele a tarefa de consertá-lo.

O mecânico era um sujeito de poucos amigos e, embora muito educado, se mostrava absolutamente avesso a conversas despropositadas. Defendia que, na vida, deve-se falar somente o necessário. Tal postura conquistara rapidamente a confiança de Marcelo, que acreditava na honestidade profissional do homem.

Dentro da oficina, Marcelo e Alcides se detiveram atrás do homem que, por estar debruçado sobre o motor de um dos vários carros estacionados no local, não se dera conta da aproximação dos dois visitantes.

O local, embora aparentasse ser uma construção antiga, mostrava-se bem conservado e relativamente organizado. Os carros estavam todos limpos e estrategicamente posicionados, de modo que não atrapalhavam a circulação no ambiente; pouquíssimas ferramentas encontravam-se fora do lugar; nas paredes, alguns pôsteres exibiam fotos de carros esportivos. Curiosamente não se via nenhuma das *famosas* fotos de mulheres nuas, comumente encontradas na maioria das oficinas de cidades pequenas. Num canto, que servia como uma espécie de sala de espera, um velho sofá de tecido, com alguns rasgões nas extremidades destinadas ao apoio dos braços, completava a despretensiosa decoração do local.

— Boa tarde!

O homem se assustou com o cumprimento de Marcelo.

— Oi! — respondeu num sôfrego tom de voz.

Depois, voltando-se se para os dois homens, mas sem encará-los:

— Como vai, senhor Marcelo?

O pai de Juliana meneou a cabeça, oferecendo-lhe um sorriso medíocre.

— Precisamos de ajuda com o carro — disse Alcides, que, até o momento, se sentia meio invisível, por supor estar sendo ignorado pelo mecânico. — Um probleminha com os freios.

— Já verifico pro senhor — replicou Silvoney, ainda dirigindo-se exclusivamente a Marcelo. — Só um minuto.

— Claro, fique à vontade! — respondeu Marcelo, sentindo-se pouco confortável com a visível indiferença do mecânico.

Em silêncio, de cabeça baixa e demonstrando estar concentrado no trabalho, o mecânico continuou ali por aproximadamente doze minutos.

Marcelo e Alcides afundaram no velho sofá, que exalava um cheiro esquisito, um misto de gasolina, graxa, pó e qualquer outra coisa impossível de identificar.

Enquanto esperava sentado ao lado do amigo, Marcelo percebeu alguns arranhões no braço direito do mecânico. Fez um discreto sinal com a cabeça, indicando os ferimentos a Alcides. Eles se entreolharam, mas ninguém ousou tecer um comentário.

— Onde está o carro? — inquiriu o mecânico, após terminar o que estava fazendo.

— Está ali na frente — respondeu Marcelo. — Do outro lado da rua.

— Certo, vamos lá! — disse Silvoney.

Os três homens caminharam para fora da oficina.

De tempos em tempos, Marcelo observava, intrigado, os arranhões no braço direito do mecânico. Alcides, que os seguia um pouco mais atrás, limitava-se a caminhar placidamente.

Vinte e seis minutos depois, após trocar as pastilhas de freio do carro de Marcelo, o mecânico preparava-se para receber pelo serviço prestado. Ao estender o dinheiro em direção ao profissional, Marcelo aproveitou para questioná-lo sobre a origem do ferimento no braço.

— Foi o Chico — respondeu Silvoney, forçando uma naturalidade que não existia.

Seu nervosismo era visível.

— Quem?

— O Chico... O gato da minha filha.

— É... Esses bichanos às vezes estranham os próprios donos.

Marcelo observava atentamente cada traço do rosto de Silvoney. Aqueles olhos não estavam sendo sinceros. O pai de Juliana tinha um palpite de que o mecânico faltava com a verdade, pois o ferimento não apresentava características de que tivesse sido feito por um felino.

Marcelo sabia bem disso, porque fora arranhado por um gato quando adolescente. Sabia que não havia a menor possibilidade de um gato ter feito aquilo. Estava certo de que o mecânico mentia. Decidiu perguntar-lhe sobre Juliana. O homem estremeceu.

— Não sei de nada não, senhor! — respondeu ele, julgando convicção no tom de voz. Mas a súbita palidez o denunciava.

No caminho de volta, Marcelo indagou do amigo sobre a reação do mecânico ao ouvir o nome de Juliana. Obteve de Alcides a mesma suspeita como resposta. Eles sabiam, no entanto, que era inapropriado acusar Silvoney sem ter provas. Por isso decidiram investigá-lo.

No dia seguinte, o delegado foi informado por Marcelo sobre suas suspeitas a respeito do mecânico. Entretanto, Marcelo percebeu certo desdém no tom de voz do delegado, quanto este prometeu averiguar o caso.

— Sem querer ofender, mas... — o doutor Ribeiro gesticulava calmamente — já parou pra pensar que você pode estar exagerando? Um arranhão não prova nada!

— O que quer dizer com isso, delegado?

— Exatamente o que você ouviu. Não podemos sair por aí prendendo todo mundo que tenha um machucado.

Marcelo suspirou de maneira desanimadora.

O delegado lembrou, ainda, que a lei não trabalha com suposições, e sim com provas concretas.

— E quantas provas o senhor já tem, delegado?

O silêncio reinou absoluto.

— Com todo o respeito, doutor, mas eu acho que a sua justiça anda meio lenta! — exclamou Marcelo num tom austero.

Claramente constrangido, o delegado afirmou que sua equipe estava fazendo o possível para desvendar o caso e pediu que Marcelo se acalmasse. Este contrapôs a afirmação do delegado com uma pergunta:

— E se fosse a sua filha, delegado, o senhor entenderia se eu lhe pedisse calma?

O doutor Ribeiro calou-se, prudente.

Marcelo deixou a delegacia disposto a investigar o mecânico por conta própria.

Nos dias que se seguiram, não foi encontrado nada que comprometesse Silvoney. Durante quase todo o tempo, Marcelo e Alcides se revezavam na tarefa de observar a rotina do mecânico, que mostrava uma conduta imaculada.

Na segunda semana, após mais um dia de investigação, Marcelo ainda não obtivera nenhuma pista que o levasse a incriminar o mecânico. Foi então que uma ideia lhe veio à cabeça: lembrou-se de que Silvoney também tinha uma filha da mesma idade de Juliana. Sara estudava na mesma escola que a filha de Marcelo. Decidiu, pois, que tentaria conversar com a menina.

Naquela mesma noite, ao voltar para casa, ele expôs os seus planos a Caroline. Falou das suas suspeitas em relação ao mecânico e também da intenção de falar com Sara.

Caroline pareceu não ouvir uma única palavra do que o marido lhe dizia. Apenas pôs-se a falar de um estranho sonho que a perseguira por várias noites consecutivas, após o desaparecimento da filha. Contou-lhe que havia sonhado com a garota Sara. Nas noites em que sonhara com a menina, a situação — no sonho — era praticamente a mesma: *Caroline chorava por não ter informações sobre desaparecimento da filha, quando Sara chegava de mãos dadas com Juliana e, sem dizer nada, as duas desapareciam caminhando em direção ao que parecia uma casa abandonada.*

Ao ouvir o relato, Marcelo ficou intrigado com a coincidência envolvendo a menina Sara.

— Tem certeza do que está dizendo?

— Sim — disse ela, com os olhos úmidos.

— Por que não me contou antes?

— Você quase não para mais em casa, lembra-se? — disse ela, num tom de crítica, mas, ao mesmo tempo, entendendo o esforço que o marido dedicava à procura do responsável pelo sumiço da filha.

— Isso é um sinal, não percebe? — disse Marcelo, acreditando estar na pista certa.

Caroline deu de ombros. Limitou-se a fitá-lo com uma expressão vaga. Parecia procurar as palavras que pudessem expressar com exatidão o que ela sentia naquele momento. Desistiu.

No dia seguinte, por volta do meio-dia, Marcelo estacionou seu carro em frente ao colégio onde sua filha estudava, para tentar falar com a menina Sara. Para isso, teria de superar dois obstáculos. Primeiro: teria de falar com ela antes que sua mãe chegasse para buscá-la. Segundo: embora fosse amiguinha da sua filha, Sara não o conhecia e, certamente, se recusaria a falar com um estranho.

Dentro do veículo, Marcelo calculava os riscos; avaliava cuidadosamente a situação; fazia conjecturas. Faltava-lhe ainda criar uma situação onde pudesse conversar com a menina sem que esta o confundisse com um bandido ou um tarado. Revelar que era o pai de Juliana já na abordagem parecia-lhe uma ideia razoável.

No momento em que a menina saía do colégio, Marcelo se aproximou rapidamente e disse:

— Oi, tudo bem?

Para sua surpresa, a menina o olhou com certa ternura e respondeu:

— Tudo... E o senhor?

— Um pouco triste — respondeu Marcelo, reticente.

— Não se preocupe. Ela disse que isso vai passar.

— Ela quem? — inquiriu Marcelo, surpreso.

Sara calou-se subitamente. Abaixou os olhos, como se demonstrasse arrependimento pelo que acabara de dizer. Abraçou a pequena mochila — como se esta pudesse retribuir — e apressou-se caminhando em direção ao local onde sua mãe costumava estacionar o carro para esperá-la.

Confuso, Marcelo insistiu na pergunta:

— De quem você está falando?

Ela manteve o silêncio. Continuou caminhando.

— Por favor! — prosseguiu Marcelo, quase num tom de súplica.

Sara acelerou os passos. Marcelo limitava-se a observá-la, enquanto se distanciava, quando, por um instante, ela lançou um rápido olhar para trás e disse:

— É a Juliana... — fez uma pequena pausa — Às vezes eu sonho com ela.

As palavras de Sara pareciam não fazer muito sentido a Marcelo. Contudo, antes que a menina se afastasse por completo, ele percebera que a garotinha ostentava na blusa do uniforme escolar um broche idêntico ao que Juliana ganhara de presente. No seu aniversário de sete anos, Juliana ganhara o adorno da prima como demonstração de carinho. No objeto fora gravada, em letras maiúsculas, a inscrição CAPJ (**C**om **A**mor **P**ara **J**uliana).

A semelhança do objeto deixou Marcelo intrigado, pois, após o desaparecimento da filha, o broche não fora mais visto entre as coisas de Juliana, que permaneciam intocadas no quarto. Marcelo decidiu que tentaria falar com a menina novamente.

No dia seguinte, ao vê-la sair da escola, Marcelo precipitou-se em sua direção. Tinha mesmo de saber onde a menina comprara tal objeto.

Enquanto se lançava ao encontro da criança, Marcelo lembrou que o acessório que Juliana ganhara da prima viera de uma joalheria de Carmelo Freitas (cidade do interior do Rio Grande do Sul). Tânia, a prima de Juliana, vivia nessa cidade e a presenteara com o acessório quando fora visitá-la. Juliana amara o mimo.

Ao alcançar Sara, perguntou-lhe onde ela havia comprado o suvenir. A resposta da garotinha, no entanto, foi surpreendente:

— Este broche é da minha mãe. Eu o encontrei em uma gaveta do guarda-roupa.

— Puxa, é muito bonito. Posso vê-lo?

Marcelo sabia que tinha pouco tempo, até que a mãe da garotinha chegasse. Mas precisava ser cauteloso para ganhar a confiança da menina.

— Preciso ir, não posso falar com o senhor! — protestou a menina.

— Por favor, eu só quero ver o objeto — disse ele num tom paternal. — É muito importante para mim.

Sara cedeu. Estendeu o broche na direção do homem à sua frente. Os olhos temerosos de Marcelo percorreram cuidadosamente o objeto. Ao visualizar a parte de trás, conteve as lágrimas. Com o polegar, acariciou ternamente as letras que se revelaram aos seus olhos com a mesma intensidade de uma lança a transpor-lhe o coração. Devolveu o objeto à menina e, por um instante, amaldiçoou a humanidade sob um céu pálido, cujas nuvens pareciam tê-lo abandonado para não testemunhar tamanha cólera. Marcelo agora sabia que estava no caminho certo; essa era a prova, irrefutável, de que o mecânico mentia.

Tendo retornado para casa, Marcelo relatou tudo o que descobrira a Caroline, que, impressionada com os fatos, passou a compartilhar da mesma suspeita do marido. Para eles, não havia mais dúvida de que o mecânico estava envolvido no desaparecimento de Juliana. Foram imediatamente informar o fato ao doutor Ribeiro.

— Mas isso ainda não prova nada — disse o delegado, medindo as palavras, diante dos olhos incrédulos do casal. — Eu entendo que estejam ansiosos, mas existem mil possibilidades pelas quais esse objeto pode ter ido parar na casa do mecânico, inclusive pelas mãos da própria Juliana, que pode tê-lo dado de presente a Sara que, segundo consta, é sua amiguinha, não é isso?

O doutor Ribeiro expôs que em casos onde há muitas possibilidades, há também uma grande margem para erros, ou seja, a lei não permite que um cidadão seja detido com base em suposições. Afirmou que só poderia agir de acordo com a lei e, nesse caso, a única coisa que poderia fazer era investigar o que lhe foi relatado.

Marcelo entendia o ponto de vista do delegado, mas, por outro lado, sabia que estava na pista certa; sabia também que com a morosidade da justiça, o mecânico poderia fugir; e isso ele não permitiria. Não estava disposto a deixar que o homem que supostamente seria a chave do desaparecimento de Juliana ficasse impune. Naquele momento, a racionalidade parecia-lhe algo distante, inatingível. Sentia-se tomado por um ódio colossal. Sentiu, pela primeira vez, que seria capaz dos atos mais extremos para que a justiça fosse feita.

— A justiça será feita — disse Marcelo, enquanto dirigia no caminho de volta. — Mas será feita à minha maneira!

¤¤╬¤¤

No dia seguinte, Marcelo e Caroline foram chamados novamente à delegacia. Um dos investigadores foi pessoalmente dar o recado ao casal. Ao receber a visita do policial, Caroline estremeceu. Seu coração de alguma maneira a induzia a acreditar que a notícia não era boa; e que o seu mundo estava prestes a ruir. Bastou um abraço apertado para que Marcelo partilhasse do mesmo pressentimento. Os dois desabaram em lágrimas.

Mais tarde, na delegacia, o casal seguiu direto para a sala do delegado, onde se depararam com o doutor Ribeiro conversando com o investigador Ramirez, um dos mais antigos do Departamento de Polícia. O delegado sinalizou para que se sentassem. Caroline ignorou a gentileza e pediu que o homem fosse direto ao ponto. Este lançou um olhar perturbador ao investigador, franzindo a testa como quem tem uma árdua tarefa pela frente. Voltou a encarar o casal, balbuciando algumas palavras que se revelaram devastadoras. O corpo de uma criança, entre oito e doze anos, havia sido localizado em um poço desativado nos fundos de um galpão abandonado. Havia mesmo a possibilidade de o corpo ser de Juliana.

Naquele momento, o casal passou a ser devorado por algo bem maior do que a tristeza. Um inquietante sentimento de pânico e impotência apoderava-se de cada pensamento de ambos. Marcelo tentava refugiar-se num improvável mundo onde tudo aquilo não passasse de um grande pesadelo onde ele pudesse contar com o fato de poder despertar a qualquer momento. Mas a realidade se mostrava implacável. Era preciso encará-la, afugentá-la de algum modo.

Caso se confirmasse o temor de todos naquela sala, seria necessário o reconhecimento oficial do corpo. Por isso o doutor Ribeiro conduziu os pais de Juliana ao Instituto Médico legal.

Caroline se recusou a entrar na sala de identificação de corpos, preferindo aguardar na recepção, com o coração pulsando como uma bomba-relógio prestes a explodir. Marcelo seguiu em frente, refazendo o trajeto de dias atrás. Desta vez, ao chegar à sala onde jaziam vários corpos frios à espera de identificação, o delegado deteve-se e, num gesto pesaroso, disse:

— Creio que é melhor você entrar sozinho, meu amigo. Se precisar, eu estou bem aqui.

Marcelo assentiu e entrou.

Um pequeno rosto com um acentuado tom púrpuro revelou-se no momento em que o médico legista retirou o lençol que cobria o corpo de criança. Marcelo se despedaçou. Seu coração se negava a acreditar no que os olhos testemunhavam: era ela.

Marcelo contemplou aquele corpinho sem vida, cujo aspecto já dava evidentes sinais de decomposição. Em seguida, virou-se, caminhou em silêncio até um dos cantos da sala, recostou-se contra a parede, deslizou ao chão até assumir uma posição inerente aos que se julgam indignos de esperança, levou as duas mãos ao rosto e desatou num choro convulsivo, capaz de sensibilizar o mais gélido dos corações. Exibia uma fisionomia extenuada, mas o seu coração agarrava-se a um sentimento sóbrio. Amaldiçoou aquele que tão impiedosamente tirara a vida de sua filhinha. Jurou vingança. Nem que este fosse o último ato de sua existência.

— Sei que talvez isso não sirva de consolo, mas pegaremos o cretino, pode apostar! — dizia uma voz ao lado de Marcelo.

Era o delegado.

Marcelo o ignorou quase por completo. Lançou-lhe um olhar aniquilador e, em seguida, pareceu recompor-se como alguém que emerge das cinzas. Ouviu o que o legista tinha a dizer.

A menina (de acordo com o profissional do IML) havia sido estuprada e estrangulada. O médico afirmou, ainda, que o assassino era, provavelmente, alguém conhecido da vítima, pois, exceto pelos hematomas no pescoço, o corpo não apresentava nenhuma outra marca de violência. Acreditava que a vítima teria sido convencida a acompanhar o agressor.

Numa análise preliminar, os peritos consideraram que, ao chegar ao velho galpão, o assassino teria obrigado a vítima a deitar-se e em seguida lançou-se sobre ela, segurando-a pelo pescoço enquanto esta sufocava.

O estupro, ainda segundo os peritos, poderia ter ocorrido após a morte da menina.

Ao deixar o IML naquela noite, Marcelo garantiu à esposa que a morte da filha não ficaria impune. Caroline, mergulhada num mundo de resignação, assentiu, mesmo sem raciocinar direito sobre o que o marido se propunha a fazer.

No dia seguinte, com base nas informações fornecidas anteriormente por Marcelo, e considerando o local onde o corpo fora encontrado, a polícia intimou Silvoney para que fosse interrogado.

Questionado pelo delegado, o homem negou que tivesse algo a ver com o crime. Negou inclusive que conhecesse a vítima, o que era mentira, pois ele a via praticamente todos os dias, uma vez que a garota passava em frente à oficina no seu trajeto até a escola.

As investigações não conseguiam avançar. Várias vezes o mecânico foi intimado, mas, embora apresentasse algumas contradições, continuava a negar qualquer envolvimento no crime. Entretanto, nem o delegado, nem os investigadores estavam convencidos disso. Por isso, buscavam alguma prova que, de fato, o incriminasse.

Um objeto encontrado na cena do crime poderia ser a prova que faltava para ligar definitivamente o mecânico ao assassinato de Juliana. Um isqueiro fora recolhido próximo ao poço no velho galpão. Mas não se tratava de um objeto comum. Havia um nome gravado numa das suas extremidades: Joseph H. Gomes. Tal inscrição poderia ser irrelevante, não fosse por dois detalhes: o acusado era fumante, e no seu sobrenome podiam-se ler as palavras *Hober Gomes*.

Questionado sobre o isqueiro, em uma das vezes em que prestou depoimento, o mecânico afirmou tê-lo perdido. Não soube explicar, porém, em quais circunstâncias. Novamente alegou inocência, afirmando que qualquer pessoa poderia ter encontrado tal objeto e passado a fazer uso dele. Demonstrou mesmo certo nervosismo com as insistentes e repetitivas perguntas do policial. Chegou a irritar-se ao ser questionado repetitivamente sobre onde estivera no dia e na hora do crime.

Questionado sobre o velho galpão, caiu em contradição. Primeiro, disse que não conhecia o local. Depois, afirmou que estivera lá havia alguns meses, analisando o local, pois tinha a intenção de alugá-lo para montar a sua oficina. Esta última informação foi desmentida pelo proprietário do galpão, que afirmou nunca tê-lo colocado à venda, pois tencionava demoli-lo para construir um pequeno sobrado no local.

Todos os indícios eram contra Silvoney. Mas a polícia não conseguia efetuar a sua prisão. Não havia o flagrante, não havia testemunhas do crime e as provas ainda não eram suficientes.

Enquanto isso, em outro ponto da cidade, dois homens questionavam a morosidade da justiça e arquitetavam um minucioso plano de vingança contra o mecânico.

5

NA TARDE DO CRIME

Juliana despediu-se da mãe, beijando-lhe o rosto. Placidamente, a garotinha seguiu rumo à casa dos avós. Dobrou a esquina da Rua Carlos Chagas com a Avenida Comendador Washington Luís, avançou por duas quadras, quando percebeu estar diante da oficina mecânica de Silvoney.

O homem se preparava para fechar o estabelecimento, pois precisava dirigir-se a uma agência bancária a pouco mais de oito quadras dali. O mecânico era um sujeito que trabalhava sozinho e, habitualmente, baixava as portas da oficina quando, por alguma razão, precisava se ausentar.

Um vago sorriso surgiu em seu rosto ao perceber a presença de Juliana. Pôs-se a observá-la atentamente. Embora a conhecesse havia alguns anos, Silvoney nunca prestara atenção na menina. Não daquela maneira, malévola. Brotava-lhe no olhar perverso um instinto libidinoso ao observar aquele corpinho franzino e ingênuo. Juliana sentiu-se perturbada e completamente desprotegida ao ser fitada pelo sujeito.

— Oi, garotinha! — saudou-a o mecânico, exibindo um sorriso dissimulado.

Assustada, Juliana hesitou em responder. Lembrou-se imediatamente do alerta da mãe: "Nunca fale com estranhos e não confie em ninguém".

— Como vai, tudo bem? — acrescentou o sujeito.

Houve uma pausa. A garotinha pareceu reconhecer aquele rosto.

— Tudo! — respondeu ela, ainda reticente.

— Lembra-se de mim?

Ela lançou um olhar ao redor, percebendo que ninguém os observava. Apertou a pasta com os desenhos contra o tórax.

— Preciso ir.

— Calma. Por que tanta pressa?

Juliana acelerou o passo.

— Estou indo à casa dos meus avós.

— Não tenho medo, eu não mordo — sussurrou o mecânico, segurando suavemente o braço de Juliana, à medida que esboçava um novo sorriso.

Como uma presa que pressente a aproximação do seu mais terrível predador, a garotinha se encolheu inteira. Prendeu a respiração.

— Eu sou o pai da Sara, lembra?

Ela fez que sim com a cabeça. Seus olhinhos se desfaziam numa espécie de pânico e apreensão. Liberava o ar dos pulmões tão lentamente, que sentiu o rosto ruborizar em chamas. Estava apavorada.

Por outro lado, aquele era o pai da sua amiga do colégio. Talvez não houvesse problema em conversar por um instante com ele, pensou. Naquele momento, a garotinha deu sinal de que abaixaria a guarda. Oportunista, o mecânico mudou de estratégia. Intuiu que, se convencesse a menina de que a amiguinha precisava de ajuda, ela não se recusaria a dar o seu apoio.

— Estou preocupado com a Sara — disse o homem evitando um contato visual direto, pois queria conquistar a confiança da menina. Mais do que isso, queria despertar-lhe curiosidade. Funcionou.

— O que houve com ela?

— Não está se saindo muito bem no colégio. Precisa de alguém que a ajude com o conteúdo. Posso contar com você?

— Ajudar?... Como?

— Vamos até a minha casa. Pode ajudá-la com o dever de casa.

— Não posso. Eu disse a mamãe que eu iria à casa dos meus avós.

— Tenho certeza de que ela não se incomodaria — persistiu Silvoney.

E finalizou, certo da vitória:

— Creio que ela vai até se orgulhar por saber que você está ajudando sua amiguinha.

— Certo, mas não posso demorar.

— Não se preocupe!

Um brilho sinistro surgiu naqueles olhos perversos. O risinho obscuro ocultava as reais intenções do mecânico. Aproximou-se da garotinha e, discretamente, tocou-lhe a cintura, conduzindo-a ao caminho que os levaria à casa de Sara. Juliana jamais voltaria.

¤¤╬¤¤

O velho galpão abandonado resistia bravamente à ação do tempo. Os cincos anos de sol e a chuva não o impediam de permanecer ali firme, contrastando com as poucas construções habitáveis do local. O lugar exibia um aspecto grotesco, pelo acúmulo de poeira e umidade, formando uma crosta escurecida e pegajosa, naquelas paredes que, no passado, se vestiam de branco. A uns três metros de altura, umas poucas janelas, com os vidros devidamente quebrados, ajudavam na precária iluminação do ambiente.

Ao passar em frente ao local, Silvoney parou subitamente. Os olhos surpresos de Juliana buscaram a face de seu acompanhante.

— Pronto, chegamos! — exclamou o mecânico, indicando que entrariam no velho galpão.

— Chegamos onde?... A gente não ia ver a Sara?

O homem sorriu calmamente.

— Ei, fique tranquila. Sara está lá dentro. Ela sempre vem brincar aqui com as amigas após o dever de casa.

Apesar da pouca idade, Juliana tinha um discernimento acima da média, o que lhe permitiu perceber que aquela história não fazia sentido algum. Precisava sair imediatamente daquele local. Tentou fugir, mas foi arrastada para dentro da velha construção.

— Acalme-se, princesa, está tudo bem — resmungou o mecânico, agora com um tom de voz completamente sério.

Atônita, a garota tentou gritar, mas teve a boca bloqueada pelo homem, que parecia maior agora. Por alguns segundos, ele contemplou aqueles olhinhos assustados. Lentamente, posicionou o dedo indicador verticalmente sobre os próprios lábios, fazendo sinal de silêncio.

— Quero ir embora... — suplicou a garotinha num tom de voz quase inaudível. — Por favor...

O pavor tomara-lhe o rosto angelical. Juliana tentou se desvencilhar daquele homem, cuja fisionomia agora parecia mudar rapidamente, assumindo um aspecto frio e aterrador. A garotinha tentou correr na direção da porta, mas aquele gigante tenebroso tomou-lhe a frente, segurando-a firme por um dos braços.

— Por favor, não me machuque! — implorou a menina já com lágrimas nos olhos.

O homem experimentava uma espécie de deleite sádico e doentio, por supor que começava a ter o controle absoluto sobre sua pequena vítima. Agora seu olhar era impenetrável, resoluto. Tinha um único objetivo: intimidar sua presa.

Após se recusar a tirar a blusa como lhe ordenara o mecânico, a menina se surpreendeu com a ira do homem, que a esbofeteou com extrema violência. Um gemido abafado ecoou por todo o interior do velho galpão. Antes mesmo que a garotinha esboçasse um grito ou um possível pedido de socorro, o agressor a agarrou pelo pescoço e, utilizando apenas uma das mãos, ergueu-a a alguns centímetros do chão. Para aquele corpo franzino e indefeso, lutar parecia inútil.

Numa busca desesperada por ar, Juliana mantinha os olhos postados em seu algoz. Era o olhar de quem suplicava pela vida, e que aos poucos foi se desvanecendo, ficando cada vez mais distante.

À medida que a sufocava impiedosamente, o homem a contemplava com completa indiferença, até que o brilho naqueles olhos inocentes deixou de existir. Então ele a deitou no chão e sorriu.

Após o crime, o homem não fugiu à regra. Agiu como a maioria dos psicopatas tarados da face da Terra. Faltava-lhe arrependimento. Culpa não havia. Tudo o que se podia notar era o mais profundo desdém pelo ato covarde que acabava de cometer. O corpo de Juliana jazia no piso frio de concreto bruto. Sentado ao seu lado, a figura do mecânico, ainda envolta num êxtase macabro. Ele suspirou, acendeu um cigarro e, mantendo um sorriso sarcástico nos lábios, inalou com vontade a fumaça que, ao ser liberada, formou uma espécie de círculo.

Seis minutos depois, ele se aproximou novamente do corpo da menina, tomou-o nos braços e caminhou em direção a um poço desativado nos fundos do galpão. Contemplou o rosto da garotinha por alguns instantes, afastando uns poucos fios de cabelo que lhe cobriam a face, e, em seguida, arremessou o pequeno corpo direto no fosso. O som emitido no momento em que o corpo atingiu o fundo revelava que ainda existia água lá.

De volta ao interior da velha construção, um novo cigarro foi aceso. O mecânico mantinha um olhar distante, vago. Havia qualquer coisa em seu semblante que o conduzia a uma sombria satisfação. Decidiu que já era hora de ir embora.

Quando se preparava para abandonar o local, percebeu um objeto cintilante no chão. Era algo que parecia um adorno feminino, possivelmente da vítima.

Disposto a não deixar vestígios do crime que acabava de cometer, o homem recolheu o objeto e apressou-se em sair do velho galpão, tomando o devido cuidado para não ser notado.

Mas, em algum lugar lá dentro, olhos assustados o observavam.

Aquela figura tênue e patética era o que se podia chamar de mais um ilustre desafortunado à margem do que a vida lhe impusera. Manoel era um homem de uns quarenta anos, cujo aspecto repugnante lhe imputava um desleixo quase crônico, capaz de nos fazer refletir profundamente sobre a dignidade humana, ou a falta dela. Exibia, nos poucos cabelos que lhe restavam, um tom amarelado, revelando uma mistura de sujeira com qualquer outra coisa impossível de identificar. Ostentava, atrás de uma barba enorme, não menos encardida e cheia de nós, um sorriso inexpressivo, peculiar aos que se distanciam da esperança. Culpava a sociedade por ter ganhado as ruas, mas se esquecia do alcoolismo, seu verdadeiro e implacável inimigo.

Manoel adotara o velho galpão abandonado como uma espécie de lar nos momentos em que não estava a perambular pelas ruas e becos da cidade. Dormir ao relento lhe parecia um risco iminente, considerando que, nos seus raros momentos de sobriedade, não era difícil ouvir boatos sobre indigentes espancados e, em alguns casos, covardemente assassinados, não sem antes terem seus corpos encharcados por combustível e ateado fogo por algum cretino com ideologia nazista ou algo do gênero.

Naquela tarde, após presenciar o ato de barbárie do mecânico Silvoney, o mendigo percebeu que o risco de ser vítima de algum tipo de violência estava longe de ser exclusividade dos que vivem nas ruas, abandonados à própria sorte. Compreendeu que ninguém está imune ao lado bestial da natureza humana. Nem mesmo uma criança.

No interior da construção, protegido num cubículo, o mendigo refugiava-se na penumbra. Por uma pequena fresta na porta entreaberta, seus olhos curiosos observavam tudo.

Manoel viu quando Silvoney convenceu Juliana a entrar no local. Presenciou a menina debatendo-se enquanto era estrangulada. Um ímpeto de altruísmo, sentimento pouco comum àquela pobre carcaça, quase o levou a tomar uma atitude em defesa da criança. Mas o receio de se tornar também vítima deixou-o paralisado. A covardia, camuflada de medo, aliava-se aos demais adjetivos desprezíveis que lhe eram atribuídos.

No momento em que viu o mecânico abusar sexualmente do corpo já sem vida da pequena Juliana, o mendigo sentiu-se enojado. Habituado à vida nas ruas, frequentemente o homem presenciava cenas absurdas, mas aquela era absolutamente revoltante. Por um instante, Manoel imaginou-se enfrentando o assassino da menina, desferindo-lhe socos e pontapés, dando-lhe uma lição. Afinal, ele merecia. Mas logo compreendeu que sua coragem não era o suficiente. Entre o intuito e a ação propriamente dita, havia um gigantesco abismo negro chamado medo. Deteve-se. Preferiu o sentimento de culpa ao risco.

Mais tarde, após o assassino deixar o local, Manoel chegou mesmo a pensar em ligar para a polícia e contar o crime que acabara de presenciar. Hesitou. Pois passou a considerar a possibilidade, bem razoável, de ninguém acreditar na sua história. Afinal, as chances de alguém dar ouvidos a um miserável sem teto, sobretudo se este aprecia uma boa dose de cachaça, diminuem consideravelmente. Desistiu da ideia. Havia também um grande receio de uma possível retaliação por parte do assassino. Manoel sabia que, se contasse tudo à polícia, correria o risco de Silvoney descobrir e tentar matá-lo. O silêncio lhe pareceu a atitude mais sensata.

¤¤╫¤¤

Já passava das seis e meia da tarde quando Silvoney cruzou a porta da sua casa. Agiu naturalmente. Como quem tivera um dia normal de trabalho. Exceto pelo aspecto avermelhado ao longo dos braços, o homem parecia bem-humorado. Sheila, sua esposa, estranhou as marcas.

— Está tudo bem? — inquiriu ela.

— O que você acha? — ironizou Silvoney com um risinho sombrio.

O diálogo limitara-se a essas duas frases.

Naquela noite, antes de dormir, Sheila percebeu o marido guardar sorrateiramente, numa das gavetas do guarda-roupa, um objeto que retirara do bolso da calça. Intrigada, fingiu dormir, no intuito de que o marido não percebesse o seu interesse.

No dia seguinte, a mulher se surpreendeu ao constatar que o que o marido guardara na noite anterior era um objeto de uso feminino. "Esse desgraçado tem uma amante", resmungou ela, segurando em uma das mãos algo que parecia um broche.

Mais tarde, o mecânico decidiu não ir almoçar em casa. Aproveitou o tempo livre para retornar ao local do crime, pois notou que havia perdido seu isqueiro e acreditava que o objeto poderia ter ficado no velho galpão. Não se tratava de um objeto comum. O suvenir fora herdado do pai, que o herdara do avô. Este último tivera seu nome graciosamente gravado no objeto. Silvoney não sabia ao certo em que país ou em que ano tal modelo de isqueiro fora produzido, mas ouvira qualquer coisa sobre certo cidadão chamado Alfred Dunhill e o fim da Primeira Guerra Mundial. Mas o fato era que, independente de qualquer coisa, o objeto tinha grande valor sentimental.

De volta ao velho galpão, o mecânico se dirigiu ao local exato onde assassinara a pequena Juliana. Mal começou as buscas pelo objeto, porém, teve a estranha sensação de estar sendo observado. Um breve ruído denunciava que havia mais alguém no local. Tal barulho viera de um cubículo onde funcionava o antigo escritório do estabelecimento.

Mantendo o olhar voltado para o chão, como se ainda procurasse o objeto, Silvoney deslizou cautelosamente até a porta de acesso ao cômodo. Girou vagarosamente a velha maçaneta e, num solavanco, se atirou com toda a força para dentro do ambiente. Encontrou um sujeito anêmico e descabelado encolhido em um dos cantos do que outrora fora um escritório. O mecânico intuiu que o maltrapilho à sua frente tinha adotado o local como casa, pois notou, espalhados pelo chão, pedaços de papelão que provavelmente lhe serviam de cama. Algumas perguntas vieram-lhe à mente imediatamente: há quanto tempo aquele homem estava *morando* ali? Teria ele presenciado a cena do dia anterior? Silvoney lançou-lhe um olhar fulminante.

O pobre miserável sentiu o sangue fugindo-lhe das veias. Via no homem à sua frente um fantasma. Precipitou-se em dizer aos berros:

— Eu não sei de nada!... Eu não vi nada!

Sua tez ganhava agora um tom quase cadavérico. O mecânico franziu o cenho. Algo lhe dizia que aquela figura sabia mais do que devia.

— Calma, meu amigo!... Do que você está falando?

— Por favor, eu não vi nada! — repetia o mendigo, sofregamente.

A reação atônita do andarilho eliminava qualquer dúvida de que ele estivera no local no dia anterior. Ele sabia de tudo. Silvoney constatou isso naqueles olhos aterrorizados. Sua atitude, no entanto, foi estranhamente indulgente. Contemplando silenciosamente o homem postado à sua frente, alcançou um maço de cigarros ajeitado em uma das mangas da camisa polo, apalpou os bolsos da velha calça jeans e retirou de lá uma caixa de fósforos. Acendeu um cigarro, deu duas longas baforadas, soltando a fumaça prazerosamente na direção do andarilho, meneou a cabeça de forma afirmativa e finalmente disse:

— Tudo bem, eu acredito em você!

O pobre homem continuara amedrontado, espremendo-se contra a parede.

— Relaxa, está tudo bem — prosseguiu Silvoney estendendo uma das mãos na direção do sujeito, na clara intenção de cumprimentá-lo.

Manoel hesitou. A mão do mecânico continuou lá, estendida. O mendigo a acolheu, comprimindo-a de maneira insegura e trêmula.

No momento em que apertava a mão do sem-teto, Silvoney o encarou firmemente. Olhou-o direto nos olhos e, por fim, deu-lhe uma palmadinha nas costas, dizendo:

— Tudo bem!... Estou indo então! Cuide-se, meu amigo, esta cidade pode ser muito perigosa!

Virou-se e caminhou calmamente para fora do velho galpão. Enquanto se afastava do local, conjecturava uma maneira de assassinar o infeliz mendigo.

Nos dias que se seguiram, Silvoney arquitetou um plano, pensando meticulosamente em todos os detalhes, para desaparecer com o andarilho. Resumidamente, o plano consistia no seguinte: o mecânico passaria a observar mais atentamente o mendigo e, de maneira oportunista, aproveitaria um momento em que este estivesse bem alcoolizado para atraí-lo para fora da área urbana, conduzindo-o a um local às margens do Parnaíba, um dos rios que circundam o município. Uma vez atraído para o local, o andarilho seria empurrado para dentro do rio e, certamente, levado pela correnteza. Jamais sobreviveria. Considerando o fato de estar sob efeito de bebidas alcoólicas, certamente não conseguiria nadar, ainda que tentasse. Havia outro aspecto que agradava muito a Silvoney: quando o pobre homem fosse encontrado morto, a causa seria o afogamento, ou seja, *natural*. Por um instante, o mecânico permitiu-se embalar por uma estranha convicção: aquele seria o *crime perfeito*.

Trinta e seis horas se passaram desde os primeiros esboços até o plano ser posto efetivamente em prática. Silvoney mantinha-se em constante estado de alerta, quando, finalmente, viu-se diante da grande chance de executar o maléfico esquema.

Visivelmente embriagado, sentado à beira da calçada, sob a sombra de uma árvore, estava o andarilho. Cambaleara até ali, onde praticamente desabou, por não ter mais nenhum controle sobre sua coordenação motora. Silvoney rumou em direção ao ébrio, que, ao perceber a aproximação do mecânico, ainda tentou, sem êxito, uma rápida escapulida. Novamente o pânico tomou-lhe as feições. Postando-se de pé em frente ao homem, Silvoney ostentava a posição típica dos super-heróis, com os dois punhos cerrados recostados aos quadris, ao passo que esboçava um sorriso de satisfação.

— Não se preocupe meu amigo, eu só quero conversar — disparou o mecânico, percebendo o pavor nos olhos do infeliz.

— O que você quer de mim? — retrucou Manoel, num tom de voz arrastado, quase inaudível.

— Conversar, eu já disse!

— Não quero conversar. Deixe-me em paz!

— Ei!... Fica frio, amigo, eu só que lhe falar sobre o dinheiro.

— Que dinheiro? Eu não sei do que você está falando.

Tentou levantar-se novamente. Fracassou mais uma vez.

— Estou falando do dinheiro que vou lhe dar para não abrir o bico sobre o que viu no velho galpão e sumir desta cidade para sempre.

Completamente embriagado, e com a capacidade de raciocínio seriamente comprometida, Manoel considerou a possibilidade de Silvoney estar realmente disposto a negociar. Deixou-se influenciar pela falsa proposta do mecânico, que o convidou a segui-lo até a saída da cidade.

Após caminhar por inúmeros quarteirões, apoiando-se vez ou outra no homem a seu lado, Manoel passou a observar a fisionomia de Silvoney. Algo estava errado. Pressentiu que corria perigo. Estava sendo enganado. Num ato extremo de desespero, tentou fugir, mas não obteve êxito. O mecânico o agarrou firmemente pelo braço.

— Está com medo?

— Quanto vai me pagar? — inquiriu o mendigo, respondendo à pergunta do mecânico com outra.

— O suficiente.

— Para quê?

— Para você sumir da minha frente e nunca mais voltar a esta cidade.

— Então passa a grana. Prometo que nunca mais ouvirá falar de mim.

— Preciso ter certeza disso.

— Você tem a minha palavra.

Silvoney deixou escapar uma gargalhada.

— A sua palavra? — confirmou o mecânico, ainda rindo. — Acredita mesmo que a sua palavra vale alguma coisa?

O mendigo sentiu o corpo estremecer. Não havia mais dúvida da real intenção de Silvoney. Manoel sabia que precisava pensar numa maneira de escapar. Mas como? Mal conseguia ficar de pé. Sair correndo não lhe parecia o mais aconselhável, pois não teria a menor chance.

Estranhamente, a iminência do perigo de morte trazia ao mendigo um breve lampejo de sobriedade, fazendo-o utilizar os poucos neurônios que lhe restavam para arriscar tudo numa ideia improvável e arriscada: em determinado momento, ele diria a Silvoney que estava muito cansado e se recusaria a continuar caminhando. Assim que alguém passasse por eles, o mendigo gritaria por socorro e revelaria que o mecânico tencionava matá-lo. Silvoney não se arriscaria a disparar um tiro com alguma testemunha por perto. "Se isso não der certo, estou liquidado", pensou o mendigo, que não tardou a começar a encenação.

— Estou muito cansado — disse ele, em tom de lamúria. — Não posso mais continuar andando.

— Precisamos continuar; já estamos quase lá.

— Não posso!

— Continue andando, seu cretino!

Discretamente Silvoney ergueu a camisa, deixando à mostra, na cintura, o que parecia ser o cabo do um revólver. Agora os olhos do mendigo pareciam maiores, e seu mundo começava a ruir.

— Por favor! — suplicou Manoel.

— Continue andando, ou vai morrer aqui mesmo.

Manoel sentiu as pernas bambearem. A embriaguez, mesclada ao medo, deixou o pobre homem paralisado. Por maior que fosse a ameaça, parecia-lhe impossível seguir adiante. Não conseguia dar nem mais um passo. Perdera o controle por completo. Súbito, sentiu uma dor aguda no peito, seguida por uma intensa falta de ar. O desconforto brotou atrás do osso esterno, irradiando-se rapidamente para o pescoço e mandíbula, alcançando também o braço esquerdo. Estava morrendo.

— Vamos, mova-se, mendigo desgraçado! — disse Silvoney, acreditando que o homem fingia.

Manoel desmoronou. Tocou o solo como um pugilista nocauteado. Respirava com dificuldade, contorcia-se e urrava de dor. O mecânico percebeu que o seu desafeto estava tendo um ataque cardíaco. "Isso pode ser perfeito", pensou.

Silvoney lançou um olhar ao redor e comprovou que estavam numa área remota, pouco habitada. Sabia, porém, que sempre há a possibilidade de alguém surgir do nada. "Preciso acelerar o processo", pensou, enquanto engatilhava a arma novamente e a encostava na testa do mendigo.

— É hora de morrer, meu amigo!

— Não consigo respirar. Por favor, não atire! — clamava Manoel, num tom gutural.

Numa atitude extremamente sádica, Silvoney esboçou um sorriso, enquanto observava o homem dar o último suspiro. Em seguida, aproximou-se do rosto do andarilho e comprovou que este não respirava mais. Partira para o além.

Imediatamente Silvoney retirou um lenço do bolso e se apressou em limpar a grossa saliva que escorria dos cantos da boca do pobre diabo. Teve a brilhante ideia (do seu ponto de vista) de posicionar o corpo do homem de maneira que quem o observasse de longe tivesse a impressão de que dormia.

Menos de três minutos depois, tudo já estava arranjado. O corpo do homem permanecia no chão em *posição de sono*. Não haveria nenhuma suspeita, pensava o mecânico ao apossar-se da mochila, no intuito de, mais tarde, atirá-la no mesmo poço onde jazia o corpo da pequena Juliana. Novamente olhou ao redor, certificou-se de que ninguém vira o que acabara de acontecer e abandonou o local, certo de ter feito um *bom trabalho*.

6

A VINGANÇA

Ao retornar para casa, Marcelo explicou a Caroline seu plano de *justiça*. Estava mesmo disposto a fazê-la com as próprias mãos. Ela, mesmo abalada com toda a situação, não concordava com tal atitude, pois tinha uma concepção muito clara em relação à vingança. Para ela, uma agressão não justifica outra. Mas, mesmo sem o apoio da esposa, Marcelo já havia tomado a decisão: mataria o assassino de sua filha.

O plano, ao contrário do que pensava quem o concebera, era primário e arriscado. Consistia no seguinte elemento básico: Marcelo, acompanhado do amigo Alcides, levaria seu veículo à oficina de Silvoney, alegando problemas mecânicos. Tentariam convencê-lo a dar uma volta com o veículo para que o problema fosse identificado, pois este só se manifestava quando o motor se mostrava aquecido. Este seria o pretexto para conduzi-lo para fora da cidade, onde, então, o mecânico prestaria contas do seu ato covarde.

No dia seguinte, a arma que seria utilizada no maquiavélico plano de vingança já estava nas mãos de Marcelo. Tratava-se de uma pistola *Colt.45 ACP* de fabricação americana, conseguida por Alcides através de um amigo ex-policial militar. O modelo foi usado durante muitos anos como a pistola oficial das Forças Armadas Americanas. O seu excelente desempenho contribuiu para que fosse utilizada pela maior parte das forças armadas do mundo inteiro.

Passava das 15 horas quando Marcelo e Alcides chegaram à oficina. Após breve explicação sobre o que seria o problema do carro, os três homens rumaram em direção a uma das saídas do município. O mecânico assumiu o volante.

Ao perceber que a área mais populosa ficara para trás, Marcelo, que estava acomodado no banco traseiro do veículo, trocou um rápido olhar com Alcides, sentado ao lado do motorista. Era o sinal.

Silvoney furtou-se num sobressalto ao sentir o metal frio do cano da pistola tocar-lhe a nuca. Pelo retrovisor, seus olhos arregalados encararam o homem com a arma em punho.

— Mas o que está acontecendo? — perguntou, incrédulo.

— Mantenha as mãos no volante — ordenou Marcelo com tom funesto na voz.

O homem fez menção de olhar para trás. Marcelo engatilhou a arma.

— O que pensa que está fazendo?

— Cale-se e continue dirigindo.

— Por favor, não faça isso! — choramingou Silvoney.

— Melhor fazer o que ele está mandando — alertou Alcides, sem alterar o tom de voz.

— Eu sou inocente! — declarou o mecânico, mesmo sabendo o quanto essas palavras soariam falsas.

— Inocente?!... — Marcelo suspirou, deixando à mostra qualquer coisa de diabólico no olhar — A minha filha sim, era inocente, seu desgraçado! — urrou ele como um leão ferido, prestes a atacar.

O sol parecia lançar olhares demasiadamente escaldantes sobre a face da Terra, quando os três homens desceram do veículo e se posicionaram próximos a algumas árvores. Embora parcialmente arborizado, o local exalava um mormaço insuportável, que castigava impiedosamente os que ali estavam. Um termômetro, ali, certamente marcaria algo próximo dos quarenta graus. Marcelo mantinha a arma apontada para a cabeça do mecânico, e este arrastava um olhar impenetrável.

— Já sabemos de tudo, seu maldito! — disse Marcelo.

— Não sei do que você está falando.

— Não seja covarde e dissimulado. Sabemos que foi você.

O mecânico levantou os olhos, confrontando-os com os de Marcelo.

— E daí?

— Pelo amor de Deus, por que fez isso? Ela era só uma criança! — exclamou Marcelo, mantendo os dentes cerrados.

— Porque tive vontade! Ela era uma *gracinha* — disse ele sorrindo, num visível gesto de desafio ao pai de Juliana.

Diante da arrogância do mecânico, Marcelo desferiu-lhe um golpe na cabeça, utilizando o cabo da pistola. Um fino rastro de sangue percorreu o rosto de Silvoney. Um gemido abafado ecoou, assustando alguns pássaros que povoavam as árvores próximas ao local. Marcelo revelou um novo sorriso. Neste, havia uma satisfação perniciosa, algo estranhamente diabólico. O pai de Juliana teve de conter-se para não dar cabo do homem ali mesmo. Alcides apenas observava a cena sem se manifestar, pois sabia que o amigo estava disposto a levar seu plano de vingança até o fim.

Marcelo planejara deixar o assassino de sua filha amordaçado e preso a uma árvore para que este refletisse sobre seu ato covarde ao tirar a vida de ser tão indefeso. Deixá-lo sob um sol de quase quarenta graus lhe parecia, a princípio, um bom castigo inicial. Era preciso, na concepção de Marcelo, que o mecânico começasse a pagar por seus pecados.

Marcelo observou com indiferença o sangue que escorria no rosto do mecânico; consultou o relógio e sorriu.

— Vamos ver como se sai agora, valentão!

O pai de Juliana agachou-se e conferiu se o homem estava bem amarrado. Não estava disposto a correr o risco de não encontrá-lo ali quando voltasse. Os dois homens entraram no carro e deixaram o local.

Mais tarde, ao se despedir do amigo, Marcelo revelou o que, de fato, planejava: ambos retornariam, ainda naquela noite, ao local onde o mecânico ficara preso, sangrando sob um sol aniquilador e terminariam o que começaram. Alcides sabia bem o que Marcelo queria dizer com "terminar". Por isso, não disse palavra. Apenas assentiu.

Durante aquela tarde e início da noite, Marcelo e Caroline se limitaram a algumas poucas trocas de olhares, como se não houvesse a necessidade de nenhuma palavra ser proferida para que um soubesse o que povoava a mente do outro. Embora reprovasse resolutamente o plano de vingança do marido, Caroline sabia que não conseguiria convencê-lo a desistir da ideia. Por isso procurou se desvencilhar de qualquer fio de pensamento que a conduzisse ao que um breve e lúgubre destino reservava ao homem que matara sua filha. O ódio, que aos poucos brotara em seu dilacerado coração de mãe, não se mostrava intenso o suficiente para torná-la inerte à real possibilidade de ter as mãos do próprio marido maculadas com o sangue daquele que agira de forma tão vil com a sua pequena Juliana.

Passava das dez e quinze da noite, quando Marcelo e Alcides partiram rumo ao local onde estiveram horas antes com Silvoney. No caminho, o pai de Juliana dava as últimas instruções ao amigo. Este foi encarregado de vigiar o local enquanto Marcelo fizesse o *serviço*.

Ao chegarem ao local, o veículo foi estacionado estrategicamente com os faróis acesos. Os dois homens caminharam em direção à árvore onde Silvoney ficara acorrentado. Exceto pelo aspecto abatido, encontraram-no exatamente como o haviam deixado: amarrado e amordaçado.

Com a arma em punho, Marcelo sugeriu ao amigo que desamarrasse o homem. O mecânico foi obrigado a ficar de joelhos. Marcelo semicerrou os olhos, direcionando o cano da pistola em direção à cabeça do homem, que mantinha um olhar desafiador.

— Comece a falar! — ordenou Marcelo. — Quero que me diga tudo o que aconteceu naquela tarde.

Houve um breve silêncio. Um sorriso irônico surgiu nos lábios do mecânico.

— O que quer saber?

— Tudo.

— Tem certeza?

— Fale, seu cretino, ou eu o mato agora mesmo! — grunhiu Marcelo.

— Você não é um assassino. Não teria coragem de puxar o gatilho.

— Quer apostar?

Houve uma nova pausa. O homem enfim pôs-se a falar. Havia um deleite macabro em suas palavras. Contou detalhadamente como convenceu a pequena Juliana a acompanhá-lo até o velho galpão; a reação da menina ao descobrir que fora enganada; como lutara inutilmente pela vida; como fora estuprada e estrangulada.

Enquanto narrava toda a história, o mecânico não esboçava nenhuma emoção ou sentimento que indicasse remorso ou arrependimento. Mantinha os olhos fixos nos de Marcelo. Continuava a desafiá-lo.

Ao ouvir a narrativa do assassino da filha, Marcelo sentiu o corpo estremecer. Por alguns segundos, viu-se com o dedo pressionado no gatilho da arma, descarregando-a até não haver mais munição para ser disparada. Mas, antes de fazê-lo, precisava ouvi-lo. Queria tentar entender o que levara aquele cidadão a tirar a vida da sua filha de forma tão cruel. Tentava algo quase impossível, pois entender a mente de um assassino é uma tarefa absolutamente complexa.

Impressionado com a frieza do relato do assassino, Marcelo perguntou-lhe:

— Você sabe que não sairá vivo daqui, não é mesmo?

O mecânico assentiu baixando o olhar.

— Que seja! — respondeu ele com desdém.

— Quer dizer algo em sua defesa? — inquiriu Marcelo.

Ele meneou a cabeça de forma negativa.

Diante do comportamento e da resposta do assassino, Marcelo não tinha mais dúvidas de que estava lidando com um psicopata, um monstro; alguém indigno de qualquer sentimento de compaixão ou benevolência. O homem não fazia nenhuma questão de ser perdoado ou absolvido. Pelo contrário, tinha plena consciência do crime que cometera e não parecia se importar com isso.

Marcelo não conseguia mais se conter. Lembrava-se do olhar inocente da filha, a quem fora furtada a vida inteira que teria pela frente; os sonhos de uma adolescência despreocupada; o primeiro namorado; o baile de formatura; a família que constituiria; a vida que desfrutaria... Era o momento de vingar a morte da garotinha. Marcelo permitiu que seus olhos sedentos por vingança fossem de encontro aos olhos de Silvoney. Este sorriu novamente ao perceber a morte iminente. Num ímpeto de cólera, Marcelo puxou o gatilho.

Atingido pelo projétil, o corpo já sem vida de Silvoney tombou para frente. Desabou involuntariamente contra o solo. Seu espírito, entretanto, permaneceu na mesma posição, de joelhos, com olhos fixos em seu algoz, numa cena grotesca e assustadora.

Alguns segundos depois, aquele espectro macabro e obscuro levantou-se e olhou na minha direção sem nada dizer. Direcionou seu olhar novamente para Marcelo e, com um sorriso fantasmagórico, deu três passos para trás, virou-se e desapareceu nas trevas, arrastando-se por entre as árvores, cujas copas formavam um imenso lençol negro, fundindo-se à mais profunda escuridão.

Naquele momento, ouvi risos delicados no local. Eram risos inocentes, risos infantis. Lançando um olhar atento ao redor, percebi uma frágil figura infantil próxima às árvores localizadas na outra extremidade do local. Tal criaturinha sorria e sussurrava com o que parecia um grupo de crianças. Mas apenas uma veio em minha direção. Ostentava um sorriso iluminado e uma doçura que desafiava até as mais nobres tentativas de expressá-la com palavras mundanas. Era ela. A pequena Juliana estava ali, à minha frente, sorrindo para mim. Fez um gesto para que eu me aproximasse e soprou algumas palavras aos meus ouvidos:

— *Por favor, diga-lhe que eu estou bem...* — seus olhos agora buscavam as feições do pai. — *Diga-lhe que eu o amo muito, e que ele precisa se livrar do ódio que habita suas entranhas. Somente um coração puro pode ser digno do perdão.*

Dito isso, a menina retornou para o local de onde saíra. Um novo burburinho pôde ser ouvido, e a imagem da menininha desvaneceu-se na penumbra.

Aproximei-me de Marcelo, que ainda mantinha lágrimas nos olhos, mas já não carregava tanto ódio no coração. Mesmo sem que ele pudesse perceber a minha presença, pousei a mão direita sobre seu ombro. Nesse momento, ele repentinamente parou de chorar. Por alguns minutos mergulhou num silêncio vago, distante. Em seguida, direcionou o olhar para Alcides e afirmou sentir-se mais leve. Algo estava diferente. Sabia que o que acabava de fazer não era correto, mas estava disposto a assumir todas as consequências que o ato acarretasse. Marcelo não sabia bem como explicar, mas passara a sentir uma paz indescritível. Por alguma razão, ele se sentia convicto de que Juliana agora estava bem, onde quer que estivesse. Aos poucos, os sentimentos de ódio e vingança deram espaço ao amor e às boas lembranças da filha.

Então percebi que a minha missão com aquelas pessoas havia chegado ao fim. Fui enviado àquele local não para evitar o assassinato de Silvoney, mas para ser uma espécie de elo entre Juliana e o pai. Para vivenciar um amor intenso e intransponível.

Fiquei feliz em poder ajudá-los. Agora que eu não pertenço mais ao mundo dos *vivos*, estou aprendendo a lidar um pouco melhor com a morte. A minha missão, ali, era transmitir ao pai da pequena Juliana que a morte definitivamente não é o fim, mas o começo de uma nova história. De alguma forma, naquele momento, mesmo com a dolorosa experiência de perder a filha querida, Marcelo soube disso.

7

A PASSAGEM

Terça-Feira, 16 de setembro de 2003 – 15h03min.

Hospital Metropolitano de Ibiatuba – Minas Gerais.

As pessoas se acotovelavam, enquanto passavam por mim precipitadamente. O desconforto estampava-se nos rostos daqueles que, por completa falta de opção, utilizam os serviços direcionados à saúde publica.

O horário determinado às visitas era restrito e o acesso à enfermaria rigidamente controlado. Permitia-se a entrada de apenas três pessoas por vez. Funcionários do hospital se posicionavam estrategicamente no corredor principal, controlando a aproximação dos que ali se esgueiravam em busca dos quartos onde estariam internados seus amigos ou parentes.

Aos poucos, uma gigantesca fila se formava, adotando contornos sinuosos que se perdiam de vista. Dois sujeitos truculentos, com aspecto de seguranças de boate, tentavam organizar o esquema de visitas. A amabilidade no trato com as pessoas contrastava com o excesso de músculos de ambos. Ao mesmo tempo em que controlavam rigidamente a entrada dos visitantes, os homens procuravam ser atenciosos com quem ainda aguardava pacientemente a sua vez.

Nas paredes, grandes cartazes indicavam a proibição da entrada de crianças com idade abaixo de dez anos. Indiferentes aos avisos, incluindo o verbal na recepção, alguns pais, talvez por falta de opção, tentavam entrar com seus filhos. Muito educados e sem nunca perder a compostura, os dois homens explicavam as razões pelas quais as crianças não podiam entrar. A maioria das pessoas entendia e respeitava tais normas.

Durante algum tempo, observei as pessoas naquela fila que, a todo instante, aumentava consideravelmente. Viam-se os mais diferentes rostos, idades, culturas e estilo. Contudo, notava-se certa carência de esperança naqueles olhares melancólicos e indiferentes.

Homens de jalecos brancos, os quais me pareceram médicos ou enfermeiros, se esgueiravam num verdadeiro balé entre os que ali estavam, sem denotar qualquer atenção aos transeuntes. Uma mulher aparentando uns 60 anos lançava frases despreocupadas a todos que se aproximavam. Bem-humorada e com uma disposição invejável, a velhota, de cabelos grisalhos levemente ondulados e olhos de um tom azul quase celestial, não parava nem por um instante de movimentar os hábeis lábios carnudos que brotavam no rosto de tez enrubescida.

A simpática falastrona parecia entender de tudo, pois dissertava com naturalidade sobre política, assuntos do quotidiano, religião, dificuldades da vida, e tudo o mais que se possa imaginar. Não me ocorreu parar para contar, mas, se o tivesse feito, certamente descobriria que a quantidade de palavras proferidas por minuto por aquela senhora era um feito digno do *Livro dos Recordes*. Embora parecesse falar na velocidade de um trem bala, a velhota, sem dúvida, dominava a arte da comunicação, envolvendo a todos com suas histórias, simpatia e bom humor, o que acabava por amenizar o cansaço da longa espera na fila.

Enquanto as pessoas se mantinham na fila, eu caminhava sem ser visto (imagino) pelos corredores do imenso hospital. Não tinha a menor ideia do que ou quem encontraria pela frente. Ignorava o propósito de estar naquele lugar. "Certamente não fui enviado aqui para esperar na fila", pensei. Abri um sorriso, permitindo-me uma piada de mão única, já que eu era o único invisível no local. Decidi explorar o lugar e tentar descobrir qual era a minha missão ali.

À medida que eu deslizava pelos corredores com inúmeras portas para todos os lados, percebia as mais variadas expressões daqueles que já estavam dentro dos quartos com os seus enfermos. Sorrisos acalentadores explodiam aqui e ali, mesclando um ambiente composto, quase que em sua maioria, por lamúrias e desalentos.

Segui explorando cada metro daquele corredor até me deparar com algo que me deixou intrigado. Em frente ao quarto com o número 32 estampado na porta, observei uma criança que brincava distraída. Não devia ter mais de três ou quatro anos de idade.

Chamou-me a atenção o fato de a porta do quarto estar fechada. Fiquei me perguntando que tipo de pai deixaria uma criança arrastando-se sozinha pelos corredores de um hospital, até mesmo pelo risco de contrair doenças ou infecções (comuns em ambientes hospitalares).

Aproximei-me cuidadosamente. O garoto percebeu minha presença. Parecia poder me ver. Lançou-me um sorriso emblemático.

— Olá, qual o seu nome? — perguntei.

O garotinho continuou brincando. Fingia não me ouvir.

— Onde estão os seus pais? — insisti.

— Estão em casa — respondeu ele já num tom sério.

— E onde você mora?

Não houve resposta. Imperou um silêncio perturbador. Reformulei a pergunta:

— Seus pais estão dentro do quarto?

— Não, eles estão em casa.

O garoto fez uma pausa. Seus olhos exibiam uma vaga tristeza.

— Eles se esqueceram de vir me buscar — acrescentou.

Percebi então que se tratava de um espírito. O garoto havia morrido, mas, por alguma razão, ainda não sabia disso. Algo até certo ponto comum, quando o assunto é a morte. Isso acontece, de acordo com algumas doutrinas, quando o espírito se apega demasiadamente às coisas materiais. Em casos assim, há inicialmente uma grande frustração e depois um longo período de negação. Inconscientemente esses indivíduos recusam o fato de estarem mortos. Algumas pessoas quando morrem não se dão conta disso e continuam agindo como se ainda estivessem vivas.

Morto havia três meses, o garoto João Pedro ainda não tinha essa consciência. Por isso criara um mundo onde só via o que queria ver.

Apesar da pouca idade, a criança tivera uma parada cardíaca. O garotinho nascera com problemas em uma artéria e seu pequeno coração se recusava a funcionar plenamente. Ironicamente, desde os primeiros minutos após o seu nascimento, João Pedro passara a lutar desesperadamente pela vida. Foram cinquenta e dois dias de internamento, sendo os últimos dez em coma profundo, até o momento em que seu coração desistiu de pulsar.

Seus pais, Gilberto e Ana Maria (ele com vinte e ela com dezenove anos de idade), acompanharam todo o sofrimento do filho até o fim. Conviveram heroicamente com o drama do garoto, dia após dia, até perder a luta pela sobrevivência do primogênito. Estranhamente, algumas horas antes de morrer, a criança saiu do coma, surpreendendo a equipe médica e os pais. Minutos depois, após pedir água e afirmar estar faminto, o garoto morreu.

Algo aparentemente não saiu como deveria e, por algumas dessas misteriosas razões do universo, o garoto, ou melhor, seu espírito, continuou naquele quarto de hospital todos os dias a esperar pelos pais, que nunca mais voltaram. Às vezes, no costumeiro horário de visitas, ele se põe a brincar pelos corredores, alheio ao fato de que agora está só. Como ainda não tem consciência de que já morreu, não consegue entender por que os pais repentinamente pararam de visitá-lo. Acredita ter sido abandonado e, por isso, sente-se rejeitado pela família. Mas continua ali, todo santo dia, esperando.

Eu continuava a observá-lo. Agindo agora como se eu não mais existisse, ele deslizava cuidadosamente seu brinquedo pelo piso, enquanto reproduzia o barulho do motor fictício com a boca. Seu aspecto angelical, desprovido de qualquer tipo de maldade, gerava encantamento e expressava a simplicidade e a inocência de toda criança ao criar o seu pequeno mundo. Naquele momento, tive plena certeza de que a frase "As crianças vivem mais próximas de Deus" é verdadeira.

Por um instante me ocorreu que aquele garotinho fosse a minha missão. Era perfeitamente possível que eu tivesse sido enviado ali para ajudá-lo a entender toda aquela situação; para orientá-lo sobre o que viria a seguir, embora nem eu mesmo soubesse tal resposta. Entretanto, logo me veio uma orientação para ignorar o garotinho e continuar a minha busca. Aquela não era a minha missão.

A imagem daquele rostinho de criança continuava cravada na minha mente, enquanto eu seguia pelos corredores do hospital. Embora eu soubesse que não dependia unicamente de mim, desejei, profundamente, ter podido fazer algo por ele. Eu gostaria, sinceramente, de ter tido a oportunidade de ajudá-lo. Confesso que fiquei um pouco contrariado por não ter sido *o escolhido* para orientá-lo. Essa decisão, porém, não compete a mim.

Mais tarde, em algum ponto daqueles corredores, ouvi qualquer coisa sobre alguns funcionários do hospital que teriam percebido um garotinho brincando à porta do quarto durante as madrugadas. A criança desaparecia misteriosamente à medida que alguém se aproximasse. Em outro ponto, burburinhos davam conta de que o vigia noturno jurava, pela alma da sua mãe, que aquele quarto era *mal-assombrado*.

✠

Ao me aproximar da porta daquela enfermaria, fui tomado por uma estranha sensação. Toda a minha energia voltou-se para uma mulher que estava em uma das camas. Ela, uma senhora aparentando uns 60 ou 65 anos, exibia uma expressão de dor e sofrimento. Acometida por um câncer em estado terminal, a pobre alma definhava. Utilizara-se de todos os artifícios possíveis para driblar a dor e o desespero, mas a doença chegara a um ponto crucial, onde não havia mais volta. Um olhar vago e impenetrável fora tudo o que lhe restara. Seu nome: Iracema.

Por um breve momento, antes de mergulhar naquele quarto em busca da minha próxima missão, limitei-me a contemplar aqueles rostos débeis cujos olhos exibiam um brilho insípido. Vários visitantes se posicionavam em frente aos leitos de seus parentes ou amigos combalidos, buscando lançar-lhes palavras de conforto e estímulo. Contudo, algo sinistro misturava-se à atmosfera daquele lugar, tornando-a quase insustentável.

Ao adentrar a enfermaria, percebi que, exceto por um quadro emoldurado grudado a uma parede onde se retratava uma imagem do Cristo ressuscitado sorrindo sobre as nuvens com fachos dourados de luzes por todos os lados, não havia nada que se pudesse chamar de objeto decorativo. As velhas camas tubulares dobráveis; os lençóis azuis com a logomarca do hospital; uma mesinha de cabeceira e um cesto de lixo. Isso era tudo.

Permiti que meus olhos percorressem o ambiente. Na cama localizada próxima à porta, do lado esquerdo para quem entra, percebia-se uma mulher que aparentava uns 45 anos. Tratava-se de Yolanda A. Perez, cuja estada naquele hospital se devia a uma pneumonia. Ao seu lado, duas moças contavam-lhe as novidades, exibindo expressões típicas de quem procura agradar em cada detalhe.

Um pouco mais à frente, do lado direito, notava-se a cama de Joseane Paes Shummarz, 22 anos. A moça fora hospitalizada após sofrer um acidente com sua motocicleta. Josi, como fazia questão de ser chamada, certa manhã, quando ia para o trabalho, distraiu-se e invadiu a preferencial de uma das principais avenidas da cidade. Resultado: uma fratura exposta em uma das pernas, algumas costelas quebradas e escoriações por todo o corpo.

Novamente meus olhos se voltaram para Iracema, ou, simplesmente, dona Cema, como era conhecida por todos. Ao me aproximar, algo dentro de mim fez brotar a certeza de que eu estava ali por ela.

Com um câncer em estágio avançado, dona Cema agonizava a cada segundo. Esforçava-se para manter-se lúcida. Tinha certa dificuldade de respirar, pois apresentava uma espécie de secreção, responsável pela emissão de um ruído abafado e pavoroso. Era algo contínuo, que sufocava e se propagava no ar. Ela engasgava, tossia e expelia um líquido pegajoso enquanto tentava, sem sucesso, pronunciar algumas poucas palavras.

Até para os mais desatentos dos seres humanos tornava-se impossível não perceber a comoção dos que ali estavam. Havia uma generalizada expressão de preocupação naqueles rostos assustados. Alguns chegavam a pensar em tentar ajudar a pobre senhora, mas no fundo sabiam que não havia nada que se pudesse fazer por ela. O velho sentimento de impotência estava de volta, e eu já começava a ficar familiarizado com ele, o que não me parecia um bom sinal.

Na quarta cama, repousava Eunice Fonteneli Santana, também vítima dos tumores cancerígenos. Só que, no caso dela, o nome do bicho-papão era: câncer de mama. Mas, para Eunice, a fase mais crítica da doença havia passado. Agora estava se recuperando bem. Fora internada para se submeter a uma sessão de quimioterapia. Possivelmente receberia alta naquele mesmo dia. Lutando contra a doença havia seis meses, a mulher se mostrava forte e otimista em relação à sua cura.

Próximos à cama de Eunice, um rapaz e uma mulher lançavam olhares comovidos em direção à dona Cema. A anciã tentava, em vão, balbuciar algumas palavras, mas tudo o que conseguia era arregalar os olhos, enquanto emitia novos sons não menos inaudíveis do que os anteriores.

Naquele momento, desejei ardentemente poder ler seus pensamentos, algo que eu já havia feito com outras pessoas em outras ocasiões, mas com ela não estava funcionando. Lamentei profundamente, pois eu gostaria mesmo de saber o que ela estava tentando nos dizer, qual o seu desejo. Gostaria de poder atender àquele que, possivelmente, seria o seu último desejo.

Enquanto dona Cema continuava murmurando o que deveriam ser palavras, aproximei-me de sua cama e, por alguns segundos, tive a impressão de que ela estava me vendo. Seu olhar cortante mantinha-se fixo na minha direção. De repente, ela me estendeu a mão, como se implorasse por ajuda. Suplicava por algo que aliviasse a dor e acabasse com todo aquele sofrimento. O casal, de pé em frente à cama ao lado, olhava atônito, sem entender para quem a mulher estendia a mão, já que eles não conseguiam me ver.

Em seguida, o ambiente foi tomado por um estranho odor que me pareceu de rosas. O inebriante perfume pairava no ar com tanta intensidade, que chegava a ser quase palpável.

Desviei o olhar para um dos cantos do quarto e notei que havia alguém lá. O sujeito lançava olhares afetuosos na nossa direção. Exibia um sorriso cativante. Era um homem de uns 28 anos de idade, usava vestes brancas e mantinha uma expressão muito serena. Seus pés pareciam nem tocar o chão, o que estranhamente não me causava nenhum espanto.

Procurei manter o contato visual enquanto me aproximava daquela figura fantasmagórica. Não queria correr o risco de me distrair e perdê-la de vista. Quando eu já a estava alcançando, ele, ainda com um sorriso nos lábios, meneou a cabeça, traçando um sinal afirmativo. Em seguida, desapareceu bem diante dos meus olhos.

A minha atenção estava voltada novamente para dona Cema, que dava indícios de estar piorando a cada minuto. Porém, novamente ela me fitou. Agora não relutava mais. Sua respiração já não era tão ofegante, e seu semblante já não demonstrava tanta dor. Era como se suas funções vitais tivessem voltado a se estabilizar. Seu olhar atingia minha alma como a flecha certeira que rasga o ar em busca do alvo. Aproximei-me. Outra vez ela me estendeu a mão. Não resisti. Lentamente direcionei a minha ao encontro da dela. No momento em que percebi seu toque, senti meu corpo se despedaçar. Ela segurou ainda mais firme a minha mão. Naquele exato momento, pude entender a razão pela qual eu havia sido enviado àquele hospital. Dona Cema sorriu.

8

O LIMITE DA FÉ

Rio Bonito, interior de São Paulo.

Após ficar viúva pela segunda vez, Iracema acabou por tornar-se, involuntariamente, uma pessoa mais dura, introvertida e, talvez, menos altruísta do que almejara ser. Para se proteger das armadilhas do coração, criou sua própria muralha. Intransponível. Pelo menos para um tipo de amor: aquele que une um homem a uma mulher. Sofrera demais; acreditara demais; chorara demais. O mesmo sentimento que outrora a fez sentir-se a mais viva dos mortais agora sepultava qualquer lampejo do nobre sentimento. Amor? Só o da família. Quando muito, dos amigos.

Permitir-se a possibilidade dos encantos de uma nova paixão lhe parecia algo definitivamente fora de questão. Calejada por algumas peças pregadas pelo coração, Iracema *batera o martelo:* casamento? Nunca mais! Após entregar-se de corpo e alma a dois grandes amores, a mulher passara a conhecer muito bem a via dupla da paixão. O amor é um campo minado onde a felicidade e a profunda decepção andam lado a lado, numa espécie de linha tênue que delimita o *paraíso* e o *inferno*. Iracema, dotada de um indubitável espírito de benevolência, descobriu isso da pior maneira possível, de modo que passara a compartilhar do pensamento de muitos poetas: o mesmo amor que nos oferece a Luz, também pode nos conduzir às trevas. Agora Iracema sabia disso melhor do que ninguém, pois tivera a oportunidade de experimentar os dois lados. Bebeu do cálice sagrado do amor e regurgitou o veneno destilado meticulosamente pelo destino.

Aquela mulher de pouco mais de um metro e sessenta de altura, pele moreno-clara e cabelos escuros e lisos, trazia na fisionomia linhas de expressão que denotavam bem mais do que o passar do tempo. Emergia-lhe um ímpeto de guerreira, cujo sentimento de fracasso fora banido dos seus propósitos, tornando-se a mais pífia de todas as percepções.

Era uma criatura de rosto delicado e pequeno, com contornos levemente arredondados, e lábios carnudos que, ao menor traço de um sorriso, arrebatavam a atenção dos que a cercavam. Os grandes olhos castanho-claros ganhavam tons esverdeados e vibrantes, dependendo da posição da luz.

Após uma vida longa entrelaçada a uma árdua batalha, Iracema conquistara a tão almejada aposentadoria. Entretanto, a essa altura, dona Cema, como se tornara conhecida pelos amigos, já não era a mesma. A vida agora não mais caminhava a passos tão largos. Às vezes ela tinha a impressão de que o *espaço* entre os tique-taques do relógio aumentara consideravelmente. Esse era um sinal de que um dos maiores temores da chamada *velhice* a havia alcançado: a solidão. Uma das grandes vilãs da humanidade aos poucos se tornava íntima de dona Cema.

Morando sozinha, a mulher não se alimentava como deveria; tornara-se negligente com a própria saúde. Alegava que os prazeres da culinária perdem seu encanto quando você se torna ao mesmo tempo cozinheiro e apreciador dos seus pratos.

Às vezes, durante horas, a velha senhora se entregava às recordações, como se pudesse viajar no tempo, quinze ou vinte anos atrás, onde se deparava com os filhos ainda crianças. Via-os no momento em que se reuniam à mesa para as refeições. Sorria e, num estalo, voltava ao presente.

Ruminando as lembranças de um passado longínquo e envolvida pela solidão, dona Cema passara a se sentir cada vez mais abatida, mergulhando num sentimento depressivo, perturbador. Dia após dia, ela se fechava para o mundo, criando o seu próprio universo.

Numa tentativa de afastá-la do abismo atroz chamado *angústia*, seus filhos se reuniram e decidiram que seria mais adequado que dona Cema fosse morar na casa de um deles.

Após algum tempo na casa de João Augusto, o filho mais velho, dona Cema acabou sendo *descartada*, como ela mesma costumava dizer. O difícil relacionamento com a nora a levou a um completo desalento em relação a compartilhar do *Lar Doce Lar* do filho João. Mudou-se para a casa de Daniel, o filho mais moço dos quatro gerados por ela.

Casado com Sonia e pai da pequena Karina, Daniel orgulhava-se em dizer (numa espécie de manifesto de repúdio à esposa de João) que jamais, em hipótese alguma, abandonaria a mãe. Acolhera-a com todo o carinho e amor que lhe eram devidos.

Quando a menina Karina nasceu, foi dona Cema quem orientou o casal sobre os primeiros cuidados que deveriam ter com a criança, uma vez que o filho Daniel e sua esposa Sonia eram o que podemos chamar de *principiantes na arte paterna*.

Mas, seguindo a lei natural da vida, o tempo se mostrou implacável com dona Cema. As evidências da idade avançada não tardaram a chegar. A partir daí, como já era de se esperar, os papéis começaram a se inverter. A anciã se mostrava cada vez mais vulnerável às doenças associadas à idade. Passou a ter dificuldade para se locomover, devido a uma doença a princípio diagnosticada como reumatismo. Nos últimos anos, tal enfermidade passara a ser um infortúnio ainda maior e a dor se tornara insuportável, principalmente no inverno. Contudo, a simpática senhora sempre tinha um sorriso a oferecer, revelando uma impressionante disposição para seguir adiante, tentando superar as intempéries da vida. Desagradava-lhe a ideia, porém, de ser um *peso* na vida do filho Daniel e da família dele.

Mas o tempo não pede licença; não é educado; não se faz de rogado; simplesmente nos confronta, tornando-nos frágeis e indefesos como *a menina do gorro vermelho,* vulnerável ao *lobo* que está sempre à espreita, aguardando o momento certo para nos dilacerar. O *lobo* de dona Cema estava mais próximo do que todos imaginavam.

Apesar dos esforços da velha senhora, o inevitável começou a acontecer. À medida que os anos passavam, ela se mostrava mais cansada e doente. Incapaz de realizar as tarefas mais simples, ela, aos poucos, foi se tornando dependente da família em tudo. Carecia sempre da ajuda de alguém na hora do banho, da caminhada diária, da alimentação e outras tarefas corriqueiras. Mas o pior ainda estava por vir.

Após mais um dos tantos exames de rotina, dona Cema foi surpreendida ao descobrir que estava com uma doença muito grave.

Naquela tarde, após conversar com Daniel, o médico responsável pelos exames da mulher informou que ela estava com câncer no pâncreas, um tumor do tipo adenocarcinoma (que se origina no tecido glandular). Tumores desse tipo correspondem a 90% dos casos diagnosticados. Por ser de difícil detecção, o câncer de pâncreas apresenta alta taxa de mortalidade, devido ao diagnóstico tardio e ao seu comportamento agressivo. Raro antes dos 30, torna-se mais comum a partir dos 60 anos.

A notícia da doença deixou dona Cema sem chão. A mulher que já havia enfrentado tantas adversidades na vida viu-se de repente diante de uma situação onde não sabia qual atitude tomar. Não estava certa sobre o que o futuro lhe reservava. Se o *amanhã* sempre pareceu uma incógnita para a maioria das pessoas, para dona Cema essa palavra soava quase como algo utópico.

Num primeiro momento, o sentimento foi de resignação. Depois veio um imenso vazio que, por sua vez, rapidamente deu espaço a um incontrolável desespero. Depois veio a negação. Poderia ter ocorrido algum engano no exame. Talvez, alguém pudesse ter cometido alguma falha. Talvez aquele exame fosse de outra pessoa. Alguém poderia ter-se confundido na hora de preencher os dados do paciente.

Não!... Não havia nenhum engano. E dona Cema sabia muito bem disso. Além do mais, fugir nunca havia sido algo que fizesse parte da vida daquela mulher. Por isso, após a dor, veio a dolorosa busca pelo equilíbrio; a luta pela razão. A pobre mulher sabia que a única maneira de superar um obstáculo é encarando-o de frente, e ela já estava decidida a não fugir à luta, apesar da complicada situação em que se encontrava. Sentia-se relativamente preparada para trilhar o caminho, por mais árduo que este parecesse.

A notícia da doença foi um grande choque para toda a família, que se sentiu vulnerável por não saber como lidar com tal situação. Os quatro filhos se reuniram para decidir qual a melhor decisão a ser tomada. Uma das primeiras preocupações era com os custos do tratamento de uma doença como aquela. Embora dona Cema fosse aposentada e todos da família estivessem empenhados em ajudar, era previsível que em determinado momento precisariam se valer do Sistema Público de Saúde, já que o pequeno patrimônio conquistado pela anciã fora dilapidado pelos filhos ao longo dos anos.

Todos estavam conscientes de que teriam uma grande batalha pela frente. Por outro lado, estavam convictos de que fariam tudo o que fosse necessário para ver a mãe curada.

Nos primeiros três meses após a descoberta da doença, já em difícil situação financeira, os filhos de dona Cema fizeram uma espécie de "ação entre amigos" para angariar recursos para o tratamento da mãe. Conseguiram arrecadar algum dinheiro, possibilitando a permanência da mãe no Instituto Bom Pastor, um dos melhores hospitais privados de Rio Bonito. Lá, dona Cema recebia os cuidados inerentes à doença e submetia-se às duras sessões de quimioterapia. A perda dos cabelos inicialmente foi encarada com certo bom humor, mas logo o evidente desgaste emocional provocado pelos agentes químicos (antineoplásticos) no tratamento da doença se abateu sobre ela com a fúria um cão raivoso. O otimismo de antes se resumia agora a uma angústia interminável.

A informação de que os tumores cancerígenos se multiplicaram veio no quinto mês de internamento. A equipe médica reuniu-se com os filhos de dona Cema e os alertou sobre as reais chances de cura da paciente: quase zero. As drogas amenizariam a dor, tornando o processo menos desconfortável. E isso era tudo.

— Somente um *milagre* poderia salvá-la — afirmou um dos médicos.

Mas *milagre* não era exatamente algo em que os filhos de dona Cema se propunham a acreditar. A rígida formação religiosa da mãe tivera pouquíssima influência na sua prole, que nunca fora dedicada a nenhuma doutrina específica.

Além de mais complicações no estado de saúde de dona Cema, o sexto mês trazia também a completa escassez dos recursos financeiros da família e a inevitável transferência da paciente para um hospital público.

Diante das trevas que consumiam cada segundo de vida de dona Cema, a família ousara uma apática manifestação de fé. Algumas orações foram proferidas, mas, por não surtirem o efeito desejado, vieram seguidas da mais profunda descrença. Um dos filhos de dona Cema chegou mesmo a afirmar jamais ter ouvido falar de alguém que se houvesse curado de tal doença, haja vista o estágio em que se apresentava. Para os filhos de dona Cema, a morte da mãe parecia iminente.

O tempo, que a princípio se mostrara implacável, agora se tornava uma incógnita, pois, apesar da gravidade da doença, a mulher resistia bravamente. Inacreditáveis sete meses haviam se passado desde o diagnóstico. Surpresa para os médicos, que julgavam razoável uma expectativa de no máximo noventa dias de vida àquela mulher. Mas ela não estava disposta a desistir. Ao contrário dos filhos, que começavam a fraquejar.

A frequência de visitas a dona Cema começara a diminuir consideravelmente. Discretamente, os filhos foram se afastando. Em pouco tempo, a anciã estava completamente só, abandonada à própria sorte. A grave situação de saúde de dona Cema parecia não mais importar aos filhos.

O médico-chefe da equipe responsável pelo tratamento de dona Cema procurava, através de telefonemas, manter os familiares informados sobre o estado de saúde de sua paciente, mas não percebia qualquer interesse por parte destes. A família agia como se ela já tivesse morrido.

A indiferença, a ingratidão e o perceptível desprezo dos filhos faziam com que a mulher desejasse que a morte chegasse mais cedo. Escapava-lhe à compreensão o porquê de os filhos a terem abandonado, considerando que sempre fora uma mãe dedicada. Diante da amarga situação, o estado de saúde da mulher piorou. Ela estava disposta a parar de lutar, por considerar que não valia mais a pena. Passara a ansiar pelo *fim*, que chegaria a qualquer momento... A porta se mantinha aberta, e o *Anjo da Morte* agora era bem-vindo.

9

O ABISMO

A todos aqueles que, de uma maneira ou de outra, compartilhavam de sua amizade e de sua história de vida bastava o carinhoso apelido: dona Cema. O nome de batismo (Iracema Alves de Andrade) limitava-se quase que exclusivamente à família. Altruísta. Este talvez fosse o adjetivo mais utilizado pela maioria das pessoas para definir dona Cema. Alguém que conservara uma postura e caráter inquestionáveis. Contudo, a educação dos filhos não lhe saíra a contento, pois acreditava que a dedicação exagerada acabara por torná-los mimados e egoístas.

Na infância, Iracema aprendera com os pais que *quem faz o bem vive mais perto de Deus*. Joaquim, seu pai, era um homem de expressão sisuda e comportamento pouco convencional. Sustentava que na vida o mais importante é sentir-se bem. Quando estamos felizes — afirmava ele —, tudo à nossa volta torna-se mais belo e prazeroso, trazendo, consequentemente, alegria aos que nos cercam. Sua simplicidade e baixa escolaridade mostravam que a vida, muitas vezes, tem métodos misteriosos no quesito aprendizado. "Nunca permita que lhe digam o que pensar, pois isso certamente será a única coisa que lhe restará quando os bens materiais se recusarem a acompanhá-lo e os falsos amigos se forem", dizia ele, assumindo tons levemente avermelhados num rosto de expressões firmes e severas.

Ao longo da vida, Iracema descobriu algo de que poucas pessoas se dão conta. Percebeu que, sempre que cometia um ato de bondade, sentia-se tomada por uma satisfação inexplicável, algo gigantesco, capaz de fazê-la sentir-se indescritivelmente feliz.

A árdua luta para cuidar dos filhos não a impedia de se dispor também a ajudar as outras pessoas. Havia os que a consideravam tola, por perceberem que muitos dos que a rodeavam aproveitavam-se de sua bondade e dedicavam-se a explorá-la. Mas isso não mudava em nada a sua vocação em ajudar os que mais necessitavam. "Não há bondade sem ação; e não há ação sem coração... É preciso que haja satisfação em se doar sem esperar nada em troca", dizia ela.

Mas aquela criatura que impressionava pela coragem em enfrentar as situações mais adversas da vida também travara grandes batalhas no campo do amor. Na sua trajetória de vida, tivera a oportunidade de casar-se duas vezes. Entregara-se verdadeiramente ao amor. Sofrera as consequências deste mesmo sentimento.

No seu primeiro matrimônio, ainda no frescor dos quinze anos e totalmente inexperiente, a jovem se deparou com os deleites e mistérios que oferece a vida conjugal, tendo de entregar-se a um homem completamente desconhecido. Sua mão fora prometida a alguém com quem jamais tivera algum contato. Na época, era comum que os pais escolhessem os futuros pretendentes às filhas. Uma espécie de *casamento arranjado*, onde tudo girava em torno de um jogo de interesses convenientes às famílias envolvidas. O desejo dos jovens pretendentes quase sempre era posto em segundo plano.

O que para alguns pode parecer crueldade, para outros é mera questão cultural. Costume surgido já nas primeiras tribos humanas, esse tipo de matrimônio persiste até hoje em algumas sociedades, notadamente na Índia e em países de regiões adjacentes. O curioso, nesse tipo de relacionamento, é que, em alguns casos, o casal só passa a se conhecer faltando poucos dias para o casamento.

— Pelo menos ele é bonito! — murmurou Iracema ao vislumbrar pela primeira vez aquele que seria o seu futuro marido.

Adolfo era um rapagão ainda imberbe e despretensioso, cujos traços marcantes foram herdados da sua ascendência italiana. Ainda com dezesseis anos fora prometido à moça numa espécie de *acordo* feito entre seus pais e os pais de Iracema. Iracema, no limiar dos seus quatorze anos, nem suspeitava que uma parte do seu futuro começasse a ser traçada ali.

Contrariando as estatísticas dos casamentos desse tipo, Iracema e Adolfo sentiram certo encantamento já no primeiro encontro. Tal sentimento evoluiu rapidamente para uma paixão avassaladora e recíproca. O rapaz, de corpo atlético e modos gentis, arrebatara o coração da donzela, que agora suspirava imaginando-se nos braços do seu príncipe encantado.

Ao contrário da maioria dos casais unidos pelo matrimônio de conveniências, Iracema e Adolfo pareciam predestinados. Estavam felizes, almejavam casar-se, constituir uma família e passar o resto da vida juntos. Eles se amavam de verdade e tudo se mostrava perfeito. O destino parecia conspirar a favor do casal. Mas o que eles ainda não sabiam era que apenas metade do que almejavam seria realizado.

O casamento veio após um curto período de noivado. Dava-se início a uma nova caminhada: o compartilhamento do sonho de viver um amor poeticamente eterno. Mas aquela união não seria tão duradoura quanto o casal supunha. Os próximos nove anos e três meses de convivência lhes renderiam três grandes alegrias, os filhos João Augusto, Elizabeth e José Henrique.

A vida simplória na cidadezinha de Cafelândia, no interior do Paraná, não inibia a felicidade do casal. Adolfo ganhava a vida como marceneiro, uma das mais antigas e nobres profissões desde a existência da humanidade. Dedicava-se à arte de transformar madeira em móveis ou objetos decorativos. Nos fundos da casinha modesta, fora montada a oficina onde Adolfo dava forma aos mais diversos tipos de móveis e objetos.

Naquela manhã de terça-feira, o céu amanheceu coberto por grandes nuvens negras que, por um instante, pareciam conspirar contra todos os seres vivos da face Terra. Um vento insosso começava a varrer lentamente as folhas entrelaçadas nos paralelepípedos cravados nas vielas da cidade.

Adolfo, que habitualmente acordava antes da maioria dos moradores do vilarejo, já estava havia horas trabalhando na fabricação de alguns móveis na oficina. Nem imaginava que, além da forte chuva, aquela manhã de sexta-feira também trazia a *senhora das sombras* como convidada de honra. Um grave acidente de trabalho estava prestes a abrir um abismo sombrio na vida daquela família.

A velha serra elétrica exibia um brilho severo produzido pela única lâmpada pendurada precariamente no local, como uma espécie de candelabro de uma haste só. Enquanto serrava uma peça de madeira, um pedaço desta se partiu, sendo arremessado violentamente contra o marceneiro. A lasca de madeira, embora pequena, era pontiaguda o suficiente para ser cravada no peito do jovem carpinteiro.

No momento do impacto, o homem chegou a pensar que não se houvesse ferido seriamente. Mas logo percebeu que sua camisa se tingia rapidamente de vermelho na altura do peito. Levou as mãos ao ferimento e pôde sentir a pequena estaca cravada no peito, queimando-lhe a carne. Sentiu suas forças se esvaindo na mesma proporção em que o sangue jorrava, insistentemente. Arriscou um grito por socorro, que soou num tom mais fraco do que o desejado. O barulho da serra ligada não permitiu que Iracema escutasse o grito do marido, que sucumbia ao desespero.

Os dezoito minutos seguintes foram de pura agonia. Lutar pela própria vida e vencer tal batalha tornava-se algo improvável para Adolfo, que já não tinha forças para gritar por socorro e agora dependia unicamente do elemento sorte. Começava a considerar a possibilidade de que Iracema não o encontrasse a tempo. Caído próximo à serra elétrica, imóvel e sangrando muito, ele começou a se preparar para o pior. Sabia que as chances de Iracema perceber o que acontecia eram realmente pequenas. Não havia mais como se iludir. Estava completamente sozinho e em alguns poucos minutos morreria ali mesmo. Ainda tentou, sem sucesso, arrastar-se até o lado de fora da oficina, mas já estava sem forças, perdera muito sangue e uma tenebrosa nuvem negra começava a turvar-lhe a visão. Estava morrendo. Sabia que o *anjo da morte* o estava rondando. Podia sentir o seu hálito fétido.

A possibilidade de morrer sem ter a oportunidade de ver os filhos e a esposa pela última vez assombrava o jovem marceneiro. Respirando já com dificuldade, Adolfo fechou os olhos e desejou ardentemente que a esposa estivesse ali. Implorou a Deus que não lhe permitisse partir sem antes ver a sua família pela última vez.

— Deus, por favor, não faça isso comigo! — suplicava Adolfo, reunindo um último fio de força.

Naquele exato momento, a alguns metros dali, na cozinha da casa, Iracema inexplicavelmente sentiu um grande aperto no coração. Imediatamente percebeu que havia algo de errado. Adolfo estava correndo perigo. Precipitou-se em direção à oficina e, ao chegar ao local, se deparou com o corpo do marido já praticamente sem vida no chão.

Desorientada, ajoelhou-se e tentou reanimá-lo, mas o ferimento era muito grave e Adolfo já estava com os sinais vitais muito fracos. Quase não apresentava reação. A situação se mostrava complicada e aparentemente irreversível.

Lágrimas de desespero brotavam convulsivamente nos olhos assustados de Iracema. Ela apoiou delicadamente a cabeça do marido em seu colo e, num gesto extremo, implorou aos céus pela vida do homem que amava. Recusava-se a acreditar no que estava acontecendo.

Naquele momento, após ouvir os gritos de Iracema, dois dos filhos (José Henrique e Elizabeth) postavam-se na soleira da porta da oficina assistindo àquela cena devastadora. Com a cabeça apoiada no colo da amada e com o rosto também em lágrimas, Adolfo murmurou o que seriam suas últimas palavras:

— Eu te amo... Você estará sempre...

A frase ficou incompleta. Adolfo havia partido.

Finalmente começou a chover. Um aguaceiro desabou do céu, como se este também chorasse a morte de Adolfo.

ꗷ☩ꗷ

O sol majestoso ardia sobre um suntuoso céu azul, trazendo a sensação de que cada minuto nesta vida vale a pena e de que não há infortúnio capaz de sobreviver à ação corrosiva do tempo. Aquele sentimento, o qual Iracema julgava perdido para sempre, emergia das cinzas escoltado por uma breve inquietação. Quatro anos e seis meses haviam se passado desde que aquele arremedo de estaca surrupiara a vida de Adolfo.

A jovem viúva conheceu Josué, um rapaz na casa dos vinte e seis anos, cuja timidez desmedida o afastava das possíveis pretendentes. Era um jovem de olhar reservado, emitido por um par de olhos negros e cativantes. Exibia traços delicados num rosto que parecia moldado à mão por um artista plástico. Mantinha acorrentado ao seu coração um segredo: a paixão por Iracema.

O rapaz ganhava a vida como atendente de uma pequena farmácia localizada no mesmo bairro de Iracema. Ela, quando ia ao estabelecimento, contava involuntariamente com a companhia do olhar afável do admirador secreto. O sexto sentido felino, peculiar às criaturas do sexo feminino, já havia alertado a mulher dos possíveis sentimentos do rapaz. Este, por sua vez, chegara a considerar, algumas vezes, a possibilidade de declarar-se à mulher. Mas, ao primeiro sinal da presença de Iracema, a ideia era abandonada com a mesma rapidez de um pensamento pecaminoso que rondasse a cabeça de um clérigo.

Josué ainda não sabia, mas o sentimento que nutria por Iracema estava prestes a sair do patamar de objetivos completamente inatingíveis, passando para um alentador *quem sabe?*, pois Iracema começava a suspeitar de que o rapaz almejasse cortejá-la.

Certa tarde, ao ir à farmácia com o intuito de comprar um xampu, Iracema comprovou suas suspeitas em relação a Josué. Por também sentir-se atraída pelo jovem, Iracema queria conhecer um pouco mais sobre o rapaz. Por isso optou por forjar uma situação para sondá-lo.

Na farmácia, com a desculpa de que não estava conseguindo encontrar o produto desejado, a jovem viúva pediu ajuda ao atendente. Este, com um sorriso daqueles que as crianças adotam quando estão prestes a ganhar um presente de Natal, desdobrava-se, com precisão de um ninja, esgueirando-se pelas prateleiras à procura do xampu favorito da mulher amada.

Ao aproximar-se de Iracema, o jovem percebeu que esta deixara escapar um discreto sorriso. Retribuiu. Completamente desajeitado, ele pousou o xampu nas mãos de Iracema, não sem antes sentir que a mulher se permitira um prudente toque em seus dedos no momento em que tocara também o objeto.

Surpreso com tal atitude, o rapaz compreendeu que seu coração era tomado por uma luz que irradiava uma espécie de esplendor que começava a percorrer todo o seu ser. Não se atreveu a sustentar o olhar da mulher à sua frente. Entregou-lhe o xampu e seguiu de volta ao balcão. Iracema deu um risinho, agradeceu a ajuda do rapaz, pagou o produto e saiu.

Naquela noite, ao voltar do trabalho, Josué mal podia acreditar no que acontecera. A cidade jazia sob um céu enegrecido que, talvez pelo jubiloso estado de espírito de Josué, começava a revelar pequenos pontos brilhantes que logo assumiriam formas de esplendorosas constelações. O rapaz mergulhava num mundo de indagações onde cada pensamento positivo se multiplicava por incertezas que pareciam infinitas. O jovem começava a compreender que, onde há demasiadas suposições, os caminhos que levam à verdade são sinuosos e, muitas vezes, inacessíveis. Todavia, o coração de um homem apaixonado geralmente difere de qualquer conduta racional. Por isso, Josué enveredou por um caminho onde apostaria todas as suas fichas naquele amor.

Percebendo que a jovem viúva passara a tratá-lo e olhá-lo de maneira diferente, o rapaz começou considerar a possibilidade de talvez declarar o seu amor. Entregou-se àquele nobre sentimento, que a princípio lhe parecia impossível, mas que agora ganhava contornos de uma realidade irrefutável, como uma donzela que, ao contrair o matrimônio, se prepara para ser despojada. O rapaz acreditava mesmo que tinha chances reais de conquistar o coração da amada.

Depois de muitas idas e vindas, Iracema finalmente conseguiu ouvir de Josué uma *meia-declaração de amor*. Naquela tarde, superando até as mais otimistas previsões, ele lançou-lhe um olhar amedrontado e, num tom quase inaudível, disse:

— Gosto muito de você!

Iracema sorriu, ruborizada. Ofereceu-lhe um sorriso vago. O rapaz pareceu encolher alguns centímetros diante do olhar resoluto da jovem viúva.

— Você é um bom rapaz — replicou Iracema, agora com certa ternura no olhar.

Josué sorriu, desviando o olhar para o chão. A timidez o impedia de levar a conversa adiante. Contudo, nos próximos encontros, digamos *casuais*, do casal, com o seu jeito de garoto desprotegido, o jovem conquistaria de vez o coração de Iracema. O namoro se efetivaria nos dois meses seguintes.

A família do rapaz se mostrava favorável ao relacionamento dos dois, pois conheciam a história de vida de Iracema. Sabiam da decepção amorosa pela qual a jovem passara com a morte de Adolfo e viam ali uma oportunidade de a mulher voltar a ser feliz, dessa vez ao lado de Josué, que jurava amor verdadeiro pela viúva.

Um ano e quatro meses se passaram desde o tempo de namoro e noivado até o casamento. Para Iracema, a dor da perda do primeiro marido agora era substituída pela alegria de um novo amor. Após o enlace matrimonial, Josué e Iracema decidiram se mudar para outra cidade, onde começariam uma nova história, repleta de amor e de sonhos.

Cianorte, o lugar escolhido para a nova moradia, é uma cidadezinha de pouco mais de 65 mil habitantes, situada no noroeste do Paraná. A cidade, hoje conhecida como a *Capital do Vestuário* devido ao crescente número de indústrias têxteis existentes no município, fora destaque na década de 1970 pela forte cultura do café, que impulsionava sua economia na época. Tipicamente interiorana, a cidade segue um traçado urbanístico planejado, buscando o conforto e a qualidade de vida dos que nela residem. Hoje, o município conta com mais de 500 grifes, as quais são distribuídas para todo o Brasil.

Já nos primeiros anos residindo na nova cidade, Josué se revelou um empreendedor, passando de atendente de farmácia a microempresário. O rapaz abriu uma pequena loja de cosméticos na cidade. Embora não fosse nenhum perito no assunto, o jovem utilizara o que aprendeu na época em que suspirava por Iracema atrás de um balcão de farmácia. Sempre muito esforçado, Josué foi aos poucos conquistando sua clientela, que lhe seria fiel durante anos.

Completamente diferente do rapaz tímido de outrora, agora Josué surpreendia a esposa no trato com as pessoas. Comunicativo e bem-humorado, o rapaz conquistava a simpatia de todos e aumentava a sua rede de amigos e clientes. Por outro lado, Iracema agora dividia seu tempo entre auxiliar o marido na administração da loja e cuidar dos filhos. Sentia-se realizada, pois sua vida voltara a ter sentido.

Aos poucos, os filhos de Iracema desenvolveram um grande afeto por Josué. Tratavam-no com carinho, dedicando-lhe um respeito à altura daquele devido aos grandes pais. Josué, por sua vez, fazia mesmo questão de que o sentimento fosse recíproco. Embora nunca tivesse tido o privilégio de ser pai, o jovem se mostrava extremamente habilidoso com as crianças, conquistando-as com facilidade. A demonstração de amor pelos filhos de Iracema fazia com que esta se sentisse orgulhosa do marido e desejasse, em algum momento no futuro, dar-lhe um filho com *laços sanguíneos*. A mulher estava convicta de que se apaixonara pela pessoa certa.

A gravidez, de certa forma secretamente almejada também por Josué, se concretizaria um ano e três meses mais tarde. Nove meses depois, Iracema dava à luz Daniel, seu quarto filho. Agora a família estava perfeita, acreditava ela.

Os oito anos que se seguiram foram marcados por grandes conquistas do casal e pela decisão de se mudar para o Estado de São Paulo. Rio Bonito (cidade com aproximadamente 250 mil habitantes, localizada ao sul do estado) foi a escolhida para essa nova etapa de suas vidas. Uma nova loja de cosméticos, ainda maior do que a da cidade anterior, foi aberta pela família. Josué acreditava que uma cidade maior e mais desenvolvida ofereceria melhores condições de educação para os filhos; teoria que cairia por terra nos próximos anos de novo domicílio.

Apesar de os pais almejarem que os filhos estudassem, conquistassem uma graduação superior e obtivessem melhores oportunidades no futuro, as coisas não aconteceriam como o planejado. Pelo menos para alguns deles. João Augusto, o filho mais velho, mal terminou o Ensino Médio. O rapaz se entregou cedo aos caprichos da paixão juvenil e, previsivelmente, acabou engravidando justamente a primeira namorada, com quem iniciara um relacionamento havia três meses. Resultado: acabou casando-se cedo demais e abandonou de vez os estudos. Elizabeth se formou em Medicina Veterinária. José Henrique estava cursando Educação Física em uma Universidade Pública. O rapaz alimentava o sonho de ser professor. Já Daniel, o caçula, estava terminando o Ensino Médio.

E assim a vida seguia seu curso, com cada um em busca de sua felicidade particular, para que, no fim das contas, pudessem se tornar uma grande família feliz. Porém, mais uma vez a sombra de um acaso implacável se encarregaria de mudar tudo.

¤¤╪¤¤

O verão despejava toda a sua intensidade sobre a cidade, revelando a sensualidade daqueles que optavam por trajes de tamanhos reduzidos e de cores extravagantes, reluzindo as suas formas exuberantes. Era uma tarde de terça-feira, na qual, a exemplo de tantas outras, a rotina de Josué se cumpria de forma indiferente aos problemas do quotidiano.

Iracema dedicava-se a afazeres particulares. Por isso o marido não pôde contar com a sua presença na loja. A mulher ainda não sabia, mas, justamente naquele dia, sua vida tomaria um rumo completamente diferente do que traçara.

Passava das 15h30, quando um jovem casal adentrou a loja de Josué, juntando-se a vários outros clientes que ocupavam o estabelecimento. O homem, um sujeito ossudo aparentando uns vinte e quatro anos, lançava olhares furtivos por debaixo da aba de um boné encardido, onde se podiam ver, na parte frontal, as letras NY, que se encontravam sobrepostas. Alto, negro e com um nariz que lembrava uma dessas figuras geométricas, o homem era a prova viva de que os opostos se atraem, pois a mulher que o acompanhava exibia um cabelo loiro oxigenado e uma pele tão pálida, que parecia ter saído de um desses filmes de vampiros. A tatuagem de uma rosa no antebraço esquerdo criava um contraste tão acentuado, que dava a impressão de estar flutuando sobre a pele. A boca carnuda, tingida por um batom barato, dava-lhe um aspecto simplório. Entretanto, o jeito espalhafatoso de se vestir denunciava alguém com alguma experiência de vida.

A exótica figura feminina deslizava pelos corredores da loja como se procurasse algum produto específico. Seus dedos longos, com unhas vermelhas extremamente desleixadas, tocavam e manuseavam caixas e frascos, enquanto o sujeito que chegara com ela permanecia próximo à entrada. O homem lançava olhares curiosos para todos os lados, demonstrando nervosismo. Josué, posicionado atrás do balcão, intuiu que havia algo de errado com a dupla e supôs que estava prestes a ser vítima de um assalto. Súbito, deslizou a mão, tentando alcançar o aparelho telefônico sobre o balcão. Mas era tarde demais. Com um revólver na mão, o homem o encarou a pouco mais de dois metros.

— Nem pense nisso, meu amigo! — rosnou o sujeito, sinalizando com o cano da arma para que Josué se afastasse do telefone.

— Tudo bem — disse Josué, forçando um tom sereno. — Fique calmo e leve o que quiser.

A essa altura, a mulher, que estava posicionada mais ao fundo da loja, se deslocou rapidamente para a porta da frente. O homem retirou uma sacola de algum lugar da roupa e ordenou a Josué que colocasse todo o dinheiro do caixa dentro dela. Assustado, o dono da loja obedeceu sem pestanejar.

— Se ninguém der uma de herói, tudo acabará bem — ameaçou o assaltante, diante dos olhares temerosos dos poucos clientes que ainda estavam dentro da loja.

— Estou colaborando — replicou Josué. — Fique calmo.

— Cale a maldita boca, seu otário! — bradou o bandido.

— Relaxa. Você não precisa machucar ninguém.

Josué tentava manter algum controle sobre a situação.

— Chega de papo. Traga-me o resto do dinheiro!

— Não tenho mais dinheiro. Está tudo aí.

— Onde está o cofre?

— Não temos cofre aqui.

— Onde está a porcaria do cofre?! — gritou o assaltante.

— Já disse: não temos cofre aqui.

Josué foi surpreendido com um soco no rosto.

— Se estiver mentindo pra mim, vai morrer! — advertiu o sujeito, apontando o dedo indicador a meio palmo do nariz de Josué.

De um rápido salto, o bandido transpôs o balcão e, sem êxito, vasculhou rapidamente as paredes e estantes em busca do tal cofre. Toda a ação, a partir do momento em que o assalto foi anunciado, não durou mais do que três ou quatro minutos. Após guardar o dinheiro na sacola, o assaltante ordenou que Josué permanecesse com as mãos sobre a cabeça e ninguém se movesse.

Todos permaneceram absolutamente imóveis, enquanto o homem caminhava em direção à saída da loja. Devido ao nervosismo causado por toda aquela situação, Josué percebeu que uma caneta, a qual curiosamente ele usava presa atrás da orelha (como nos tempos de atendente de farmácia), começava a deslizar e cairia a qualquer momento. Intuindo que esta despertaria a atenção do assaltante, Josué tentou, num gesto brusco, alcançá-la ainda no ar.

Nesse momento, o sujeito, que já dera vários passos em direção à porta, virou-se e notou o rompante de Josué. Julgando que o dono da loja tentava sacar uma arma, o assaltante apontou-lhe o revólver e disparou três vezes.

O primeiro tiro atravessou-lhe o braço esquerdo, na altura do ombro, num solavanco infernal. O segundo projétil atingiu-lhe de raspão o pescoço. O terceiro, no entanto, alcançou-lhe o peito, perfurando o coração e alojando-se no esôfago, eliminando qualquer chance de defesa de Josué.

Após os disparos, o homem precipitou-se para fora da loja, onde sua companheira de crime já o esperava dentro de um veículo cujo motor estava ligado. Em poucos segundos o carro desapareceu em meio às estreitas ruas da cidade.

Ao escutar os estampidos e perceber a atitude suspeita do casal que acabara de sair do local, dois jovens que passavam em frente à loja adentraram-na rapidamente, deparando-se com uma cena deplorável. O corpo de Josué jazia no chão próximo ao balcão. Um grosso fio de sangue, que brotava daquele corpo sem vida, deslizava, acompanhando o leve declive do piso. Atônitas, as poucas pessoas que presenciavam a cena mal conseguiam respirar. Os garotos não vacilaram e ligaram imediatamente para a polícia.

— Alguém, por favor, poderia descrever os elementos? — inquiriu o tenente Williams, seis minutos após ser avisado da ocorrência pela central.

O homem coletou as informações, imediatamente avisou todas as viaturas que se encontravam próximas à área e foi iniciada uma verdadeira caçada aos bandidos.

Sete minutos mais tarde, chegava a informação de que um veículo suspeito estava sendo perseguido a cerca de mil e duzentos metros dali. Em alta velocidade e com as sirenes ligadas, as viaturas policiais rasgavam as tumultuadas ruas no encalço dos suspeitos. Alguns policiais se projetavam meio corpo para fora dos veículos e, com os braços, faziam gestos para que os outros carros dessem passagem. A frenética perseguição estendeu-se por vários quarteirões, avançando sinais, ocupando (em alguns momentos) parte das calçadas, causando alvoroço nos pedestres menos atentos e deixando um rastro vermelho-azul dos flashes intermitentes das cinco viaturas no encalço dos suspeitos. A habilidade do sujeito ao volante fizera com que os fugitivos ganhassem certa vantagem em relação às viaturas que zuniam suas sirenes ensurdecedoras, abrindo caminho com a peculiar astúcia policial. A esperteza do homem que dirigia o carro em fuga não evitou, contudo, que o veículo, a mais de 100 km por hora, não conseguisse fazer uma acentuada curva à esquerda, derrapando e chocando-se violentamente contra um poste.

O que se viu em seguida foi um verdadeiro festival de *cantada* de pneus no asfalto, com as cinco viaturas freando bruscamente, todas praticamente ao mesmo tempo.

Com armas em punho, os policiais se aproximaram cuidadosamente do veículo, cuja parte frontal ficara destruída. Com o impacto da batida, o para-brisa se desprendeu, sendo arremessado a vários metros dali. Ao alcançar o campo de visão dos ocupantes do veículo em destroços, os policiais perceberam que nenhuma das duas pessoas que estavam dentro do carro se ferira gravemente, pois usavam o cinto de segurança. O mesmo cinto que salvou suas vidas travou com o solavanco do acidente e agora os impossibilitava de saírem do carro. Com a chegada do corpo de bombeiros, os suspeitos foram libertados dos cintos e encaminhados pelos policiais à 9ª DP (Delegacia de Polícia).

Na delegacia, o casal foi interrogado e logo se descobriu que o autor dos disparos que mataram Josué era um sujeito conhecido como Nego Jamaica, em cuja extensa ficha policial figurava desde simples furto a tráfico de entorpecentes e latrocínio. A mulher não tinha passagem pela polícia, mas era uma conhecida garota de programa que, na maioria das vezes, trocava seus serviços por alguns míseros cigarros de maconha.

Ao ser questionado sobre o porquê de ter atirado no comerciante, Nego Jamaica deu de ombros.

— Na hora que eu vi o mané fazendo um movimento estranho, achei que ele ia atirar em mim — disse.

— Mas o homem estava desarmado, seu filho da mãe! — retorquiu o policial, dando um leve soco na mesa.

— Porra, doutor, como é que eu ia adivinhar? Não dava pra esperar pra ver o que ia acontecer, não é?! — exclamou Nego Jamaica, num tom de voz arrastado e carregado de sarcasmo, indicando a petulância típica dos que vivem no mundo do crime e desdenham do ultrapassado Código Penal Brasileiro.

✠

A perda do marido Josué levou Iracema ao extremo do sofrimento humano. A mulher mergulhou num mundo triste e sombrio, onde a ideia de ceifar a própria vida parecia o caminho menos árduo a percorrer. Iracema não tinha mais forças para seguir adiante e, por isso, decidiu fechar a loja. Não estava mais disposta a viver. Decepcionara-se com o amor pela segunda vez.

A repentina mudança de ideia, duas semanas depois, surpreendeu a família e os amigos. Da noite para o dia, Iracema decidiu que não mais abriria mão da empresa. Tinha a convicção de que faria o que fosse necessário para manter a loja do marido, pois passara a acreditar que devia isso a ele. Ela bem sabia que não seria fácil, mas, apesar de todo o sofrimento, ela manteria de pé o negócio que o marido construíra com tanta luta e sacrifício.

Os filhos de Iracema não viam com bons olhos a permanência da mãe na loja, pois o local certamente traria muitas recordações do falecido marido. Contudo, o fato de estar com a mente ocupada poderia evitar que a mulher tivesse maus pensamentos, do tipo suicídio, depressão profunda, etc.

Os primeiros dois meses foram os mais difíceis para Iracema, que, em alguns momentos, chegava mesmo a pensar em desistir de tudo. Mas logo recorria a uma força tirada sabe Deus de onde para seguir comandando os negócios da família, dedicando-se exclusivamente à administração da loja.

Certa vez, os filhos de Iracema se surpreenderam ao ouvir a mãe dizer que *sentia* a presença de Josué quando estava na loja. Afirmava que, algumas vezes, chegava a sentir seu perfume. Diante de tais afirmações, algumas pessoas chegaram a sugerir que Iracema estava tendo algum tipo de alucinação, o que era perfeitamente compreensível, considerando o trauma da perda do marido. Os efeitos colaterais de alguns medicamentos talvez pudessem também colaborar para tal comportamento.

Imaginação ou não, o fato é que Iracema deixara de lamentar a morte de Josué. Às vezes ela dizia que o marido a ajudava nos afazeres da loja. Tais comentários eram repudiados pela família, mas ninguém ousava contrariá-la. Afinal, Iracema parecia estar superando a perda do segundo marido.

Quatro anos se passaram até que Iracema decidisse passar a administração da loja a um dos filhos. Dizia que já havia cumprido a sua missão, pois conseguira fazer com que a empresa faturasse quatro vezes mais do que quando Josué fora assassinado.

Iracema revelou que, alguns meses após a morte do marido, ele teria aparecido em um dos seus sonhos, pedindo que não deixasse a loja ser fechada. No sonho, Iracema teria argumentado que não conseguiria tomar conta da empresa sozinha, mas o marido disse que a ajudaria durante o tempo que fosse necessário. Dando ouvidos ao coração, Iracema seguiu todas as recomendações que, segundo ela, o marido lhe dera nos sonhos e trabalhou durante os quatro anos para manter a loja de pé. Na última vez em que apareceu em seus sonhos, Josué disse-lhe que já era hora de passar a administração da loja para João Augusto, o filho mais velho do casal. O rapaz, que havia se casado muito jovem e abandonado os estudos, já tinha uma filha e estava desempregado. Trabalhava como frentista de um posto de gasolina, mas acabou sendo demitido, pois houve corte de pessoal. A falta de qualificação profissional lhe dificultava o ingresso num novo emprego.

Embora os filhos de Iracema desprezassem os assuntos místicos, como sonhos, signo, numerologia e coisas do gênero, não viram nenhum problema em concordar com o pedido que a mãe atribuía ao falecido: passar a administração da loja a João Augusto. E assim se fez.

Cinco meses após o filho ter assumido a loja, Iracema voltou a se dedicar ao lar e à família. O filho João Augusto demonstrava competência na gerência da loja. Nos primeiros meses sob o seu comando, o faturamento da empresa aumentou em vinte por cento. Com disposição e dinamismo, ele conseguiu atrair clientes de toda a região. O negócio estava realmente prosperando. Sempre que tinha um tempo livre, Iracema ia até a loja para ajudar o filho. Este contava também com a esposa, Mariana, que havia deixado o emprego de recepcionista de hotel para auxiliá-lo.

O casal passou a ter absoluto controle da loja. Administração, setor financeiro, compras, vendas, marketing, tudo passava pela análise atenta dos dois, o que começou a despertar ciúme nos outros membros da família. Mas não se podia negar que o casal tinha um talento especial para os negócios. Entretanto, dois anos depois, cedendo à pressão dos demais filhos, Iracema decidiu vender a empresa e dividir o dinheiro em partes iguais. A loja agora já era uma das maiores e mais valorizadas da cidade. João Augusto não se mostrou satisfeito com a decisão da mãe, pois, de acordo com suas convicções, era por mérito dele e da esposa que a empresa prosperara. Não lhe parecia justo receber o mesmo valor que os outros irmãos. Por outro lado, porém, compreendia que a oportunidade e a confiança que a família lhe dera no passado foram fundamentais para o seu crescimento como empreendedor; por isso, achou prudente evitar atritos com os irmãos.

Após a divisão do dinheiro, João Augusto optou por abrir outra loja — bem menor que a do pai — de cosméticos, uma vez que ele e a esposa já tinham experiência no negócio. Estava convencido de que fariam com que a nova empresa progredisse também. Os outros filhos de Iracema não demonstravam nenhum interesse em se tornar pessoa jurídica, por isso, após se apoderarem de suas respectivas quantias referente à venda da loja, cada um seguiu sua vida.

Três anos após abrir a sua própria loja, João Augusto teria também a sua primeira grande decepção nesta vida e esta, por assim dizer, sofreria importantes transformações. O homem descobriu que sua esposa adotara uma conduta inescrupulosa e passara a desviar dinheiro da empresa. E isso não era tudo. A mulher vivia um romance secreto e pegajoso com um de seus fornecedores, um indivíduo asqueroso cuja principal prioridade nesta vida era cortejar mulheres casadas com grandes empresários, no intuito de obter vantagens comerciais, induzindo-as a acreditar numa paixão desprovida de interesses materiais.

Humilhado e duplamente decepcionado, João Augusto decidiu fechar a loja, que a essa altura já estava quase falida, e mudar-se para outra cidade. Divorciou-se da esposa e mudou-se para Guaraporã, cidade de setenta mil habitantes, no interior Rondônia. A filha ficou com a mãe.

¤¤⸸¤¤

Quando se descobriu a doença, num dos exames de rotina, ninguém acreditou que aquele diagnóstico pudesse ser verdadeiro. Era difícil imaginar que alguém que já havia passado por tanto sofrimento tivesse de lutar contra um câncer. Entretanto, os exames estavam corretos e, por mais doloroso que parecesse, dona Cema e a família teriam de enfrentar uma nova e dura realidade.

Pareceu-lhes que mais difícil do que aceitar era tentar entender como a doença não havia sido detectada antes, já que os exames mostravam um tumor em estágio bem avançado. Mesmo sem obter resposta para essa pergunta, a família iniciou uma jornada na tentativa de reverter tal situação e obter uma possível cura.

O tratamento foi iniciado e, alguns meses depois, a família já havia esgotado todas as suas reservas financeiras. A doença não regredira um milímetro. Pelo contrário, o tumor havia aumentado de tamanho. Todos os esforços pareciam em vão. À medida que o tempo passava, a doença piorava. Aos poucos, a família foi se desvirtuando do objetivo principal e afastando-se da própria mãe.

A falta de recursos financeiros foi uma das justificativas usada pelos filhos, que foram, um a um, abandonando dona Cema. Em pouco tempo, ela não recebia mais a visita de ninguém da família. Seu estado de saúde piorava dia após dia e ela passou a contar apenas com a ajuda das enfermeiras e dos médicos que acompanhavam o seu caso.

Certa de que não teria mais a oportunidade de rever a família, dona Cema só pedia a Deus que tudo acabasse rapidamente e que o seu martírio fosse abreviado.

Todos os dias, quando acordava pior do que no dia anterior, ela desejava ardentemente que a mente fosse mais forte do que o corpo, pois assim a dor seria relativamente suportável. Depois de vários meses de sofrimento, a mulher não conseguia mais se comunicar e apresentava sérias dificuldades para respirar, devido às secreções causadas pela doença. O encontro com a morte era só uma questão de tempo.

10

O MILAGRE

Enquanto eu sentia o gélido toque das mãos pálidas de dona Cema, percebi novamente uma silhueta no canto do quarto. Virei o olhar e deparei-me com a mesma figura masculina de minutos atrás. Era o mesmo sujeito, cujas vestes exibiam um branco tão intenso que parecia irradiar qualquer coisa de sagrado. Um discreto sorriso parecia congelado naqueles lábios cadavéricos. Por um instante, ocorreu-me que dona Cema correspondia àquele olhar sereno que nos era dedicado pelo estranho.

Embora suspeitasse que aquela aparição não fosse de alguém deste mundo, eu seguia ruminando algumas dúvidas sobre a minha real missão ali naquele quarto de hospital. Dona Cema mantinha suas mãos presas às minhas, como quem se agarra a um último fio de esperança. O homem continuava a nos contemplar, e agora indicava uma expressão mais austera.

No que deveriam ser palavras e frases, uma nova sequência de ruídos era emitida por dona Cema. Apesar do esforço dedicado por ela, tal *idioma* ainda me escapava à compreensão. Pareceu-me prudente tentar falar com o homem, que se mantinha imóvel no canto do quarto. No exato momento em que pensei em ir falar com ele, dona Cema soltou-me as mãos, como se consentisse com a atitude. Apesar da evidente dor, a anciã agora parecia mais calma. Mantinha um olhar estático cravado na direção do sujeito com roupas de *pai de santo*. "Ela pode visualizá-lo", pensei. À medida que me aproximava, o homem sustentava o meu olhar. Detive-me bem em frente àquela figura, e pude ver a minha imagem refletida em seus olhos. Ele me indagou:

— Sabe por que está aqui?

— Não sei ao certo, mas acho que sim – disse eu, perdido num mar de dúvidas.

— Você está aqui por ela — declarou ele sinalizando com a cabeça na direção de dona Cema. — Eu a amo, mas esta ainda não é a sua hora.

Foi então que entendi que aquele era Josué, o marido assassinado de dona Cema. O homem explicou-me que, apesar da grave doença da mulher, ela não devia morrer.

— Todos nós temos a nossa hora, meu amigo — ele meneava a cabeça afirmativamente. — Esteja certo de que esta ainda não é a hora dela, embora nem ela própria acredite nisso.

Josué tinha razão. Depois de algum tempo lutando bravamente no combate à doença, dona Cema passara a acreditar que aquele era realmente o seu fim. Entregara-se ao que chamava *a vontade de Deus*.

— Trata-se de uma provação — disse Josué.

— Deixe-me ver se eu entendi: Deus está querendo prová-la? De quê?

— Não a ela, refiro-me aos filhos dela —replicou ele.

— Não quero parecer intrometido, mas que pecado eles teriam cometido?

— Perderam a fé. Não acreditam mais que para Deus nada é impossível.

Concordei num breve gesto com a cabeça. Não quis demonstrar que já me sentira assim várias vezes. Creio que, pelo menos uma vez na vida, muitas pessoas já se sentiram assim, abandonadas pelo Criador. Como se Ele não nos ouvisse mais. Como se as nossas súplicas não fossem dignas de Sua infinita bondade.

Dona Cema sabia que Deus não a havia abandonado, mas seus filhos não tinham essa certeza. Faltava-lhes a fé. Mas não uma fé comum. Faltava-lhes aquela *incondicional,* onde não se duvida, nem por um minuto, que *milagres* podem acontecer. Os filhos de dona Cema ainda não haviam percebido que é fácil ter fé quando estamos diante de alguma chance, ainda que remota, indicada pela medicina. Mas quando não há chance alguma, e precisamos mergulhar de olhos fechados na chamada *fé inabalável* no Criador, geralmente nos perdemos no meio do caminho. Tal sentimento evapora-se como água no deserto.

Josué explicou que eu havia sido o escolhido para ser o elo para a cura de dona Cema.

— E por que você mesmo não pode ser esse elo? — perguntei intrigado.

— Não posso.

— Por que não?

— Bem que eu gostaria, mas... — ele meneou a cabeça negativamente — não me foi permitido.

Depois da resposta esclarecedora do homem, decidi dar por encerrado o interrogatório. Eu sabia que aquela conversa não nos levaria a lugar algum.

Designado para aquela missão, eu tinha a consciência de que caberia somente a mim a tarefa de ajudar a salvar a vida daquela mulher. E eu estava disposto a cumprir tal missão com dedicação. Faria o que fosse necessário para confortar aquela senhora. Ajudá-la a superar aquele momento de extremo sofrimento. Mas, antes, eu teria de convencê-la de que sua hora ainda não havia chegado. Precisava trazê-la de volta para a autoconfiança; para o amor próprio; para a verdadeira vontade de viver.

Após conversar com Josué por alguns minutos, voltei para perto de dona Cema. A senhora não esboçou nenhuma reação. Tive certeza de que ela não podia vê-lo. Mas, sem dúvida, ela podia *sentir* a presença do falecido marido. Certamente, por isso, demonstrava tão claramente a sua vontade de deixar esta vida. Pelo que pude perceber, ela via a possibilidade da sua morte da seguinte maneira: por um lado, ela se libertaria de todo aquele sofrimento; por outro, se encontraria com aquele que era o grande amor da sua vida. Do ponto de vista de dona Cema, ela não estava desistindo de viver, mas sim contribuindo para começar uma nova vida no plano espiritual ao lado da pessoa que amava. Isso (a meu ver) até que fazia algum sentido, exceto por um detalhe: *todas as pessoas têm uma missão a cumprir aqui na Terra e a dela ainda não havia sido cumprida; portanto, ainda não era hora de dona Cema partir.*

Ainda próximo à cama de dona Cema, voltei a segurar suas mãos. Olhei fixamente em seus olhos, no intuito de que eles me revelassem o que viria a seguir. Mas tudo o que indicavam era que aquela senhora estava realmente desistindo de viver.

No canto do quarto, Josué expressou um gesto de consentimento. Então fechei os olhos e esperei que a vontade divina se manifestasse. Enquanto estava ali diante de uma mulher moribunda, de olhos fechados à espera de um milagre, lembranças da minha infância e adolescência vieram-me à mente. Vi minha mãe desesperada quando, ainda com seis anos, eu acabei caindo da bicicleta, fraturando um braço. Em outra situação, eu me vi com doze anos, morrendo de timidez ao lado de uma amiga de escola pela qual eu nutria sentimentos absolutamente secretos. Também me vi aprendendo a dirigir no sítio dos meus avós, tendo o meu pai como instrutor. Ao mesmo tempo em que ria ao me observar tremendo ao volante, ele me dizia: "Concentre-se! Todos nós sentimos medo diante do desconhecido, mas o segredo é manter sempre a humildade e a disposição em aprender".

Após alguns minutos de olhos fechados segurando as mãos de dona Cema, comecei a sentir uma paz que eu nunca sentira antes. Meu coração se encheu de felicidade. Um sentimento inexplicável. Por isso mesmo nem ousei tentar entender. Sabia que tal contentamento provinha de algo muito maior do que poderia supor a minha pretensão. O mais sensato a fazer era me entregar por completo. E foi o que fiz. Abri o coração para um sentimento intenso e maravilhoso. Fiquei feliz por estar me sentindo bem, pois, naquele momento, muito provavelmente eu estaria transmitindo uma grande sensação de paz e felicidade à dona Cema.

De repente, abri os olhos. Fiquei fascinado com o que vi: a mulher ostentava uma expressão completamente diferente do que eu havia visto até então. Sorria para mim com um olhar sereno e maternal. Era como se ela tivesse acabado de acordar de uma boa noite de sono. Sua pele exibia um rubor diferente. Ela estava feliz.

O brilho nos seus olhos havia retornado. Senti que vivíamos um momento mágico. Estávamos envoltos por uma sensação de felicidade plena, maravilhosa, inexplicável.

— Está tudo bem? — perguntei.

— Sim, meu filho — respondeu ela sorrindo.

— Tem certeza de que está bem?... Não está com dores?

— Não!... Sinto-me muito bem! Sinto-me ótima! — disse ela, irradiando uma luz que vinha da alma.

Após alguns minutos, finalmente entendi o que havia acontecido naquele quarto de hospital. Ela realmente estava curada, estava de volta. O milagre havia acontecido. Fiquei fascinado com a sensação de ter participado de ato tão maravilhoso. O espírito de Josué não estava mais entre nós.

Sentada na cama, dona Cema pediu-me que a abraçasse. Abraçamo-nos e choramos juntos durante alguns minutos. Era estranho e ao mesmo tempo inacreditável perceber que ela estava totalmente curada. Ao vê-la sentada, uma enfermeira que cuidava de outros doentes próximos dali resolveu chamar o médico, pois não acreditava no que estava presenciando. Após examiná-la, o próprio médico não sabia o que dizer. Outros médicos que também foram chamados ao quarto não sabiam explicar o desaparecimento de um câncer em estágio avançado. "Vários órgãos de Dona Cema já estavam comprometidos, é impressionante uma recuperação desse tipo", disse um dos profissionais presentes.

Enquanto os médicos a examinavam, dona Cema só me observava com aquele doce e permanente sorriso. Agora eu estava no mesmo canto do quarto onde estivera Josué minutos antes. *"Obrigada, meu filho"*, pensou ela. Eu pisquei um olho. Por alguns instantes eu havia esquecido que podia ouvir o pensamento das pessoas.

Durante o tempo que passei com aquela mulher, acabei me sentindo mais *vivo* do que em toda a minha vida. Ouvi-la me chamar de filho me fez lembrar minha mãe. Imaginei que, se ela pudesse me ver naquele momento, com certeza estaria orgulhosa de mim.

Pela primeira vez, depois da minha *morte*, eu me senti plenamente realizado, pois havia ajudado aquela senhora. Eu sabia que em outras ocasiões eu também havia cumprido o que me fora confiado, mas a sensação de derrota era inevitável em alguns casos.

Depois de três dias em observação, dona Cema teve alta do hospital e voltou para a casa de um dos filhos. Perplexos com a recuperação milagrosa da mãe, eles passaram a acreditar em algumas coisas que muitas vezes não podiam ver, mas podiam *sentir*. Todos passaram a acreditar que a vida não acaba com a morte e que o impossível não existe quando se tem a famosa *fé inabalável*. O amor só vale a pena quando demonstrado e vivido intensamente em todos os dias das nossas vidas. Essa lição os filhos de dona Cema jamais esqueceriam.

11

VOZES

Campo Mourão – Paraná – 20h34min.

Havia poucas pessoas no restaurante. Ao entrar, deparei-me com um ambiente aconchegante e bem convidativo. Permiti que meus olhos explorassem o local e logo constatei que dois trajes típicos da cultura portuguesa (um masculino e um feminino) estampavam uma das paredes. Ostentados como uma dessas obras de arte de algum pintor famoso, as indumentárias chamavam a atenção pelas cores vivas e pela peculiaridade.

No salão, mesas ao estilo rústico, fabricadas com madeira de lei, aparentemente de forma artesanal, estavam estrategicamente distribuídas, contrastando com a leveza e o requinte dos demais objetos que compunham o ambiente. No teto surgiam vários desníveis, assumindo formas arredondadas, numa espécie de cúpula onde se podia ver um tom azulado, dando a impressão de uma profundidade quase celestial. De lá, despencava um suntuoso candelabro de cristais, cujo brilho, ao contato com a luz, revelava um esplendor capaz de exercer encantamento até aos menos românticos. Os garçons desfilavam eretos com seus uniformes brancos impecáveis, esbanjando destreza e elegância no manuseio de bandejas carregadas de copos, pratos e bebidas.

Embora eu estivesse naquele lugar requintado e muito agradável, não me deixei enganar. Eu sabia que só estava ali por uma única razão: ajudar alguém. Mas quem? Como saber, em meio a tantos rostos, quem era a pessoa cuja ajuda me fora confiada? Era preciso identificar o *escolhido*.

Pessoas das mais variadas estirpes inundavam aquele ambiente de luxo. Algumas ostentavam olhares superiores, como se estivem um patamar acima em relação ao resto da humanidade; outras se atiravam a uma alegria despretensiosa, degustando as delícias que o local proporcionava. Pairava no ar um misto de satisfação e soberba.

Por um instante, deslizei os olhos lentamente por todas aquelas mesas em busca de uma dica qualquer que me levasse à pessoa certa.

Próximo à porta de entrada, via-se um casal acomodado a uma das imponentes mesas. O homem, que aparentava estar na casa dos cinquenta anos, exibia um tom amarelo-ocre no bigode e nos cabelos grisalhos, efeito visual causado, provavelmente, por muitos anos de consumo do tabaco. A mulher, embora seja mais difícil deduzir a idade, dava ares de estar na faixa dos quarenta e cinco anos.

Aproximei-me, pus-me a contemplá-los. Logo me certifiquei de que não havia nada de errado com aquele casal. O meu alvo não estava ali. Desviei o olhar.

Duas moças estavam em outra mesa um pouco mais à frente. Entre uma gargalhada e outra, elas dissertavam sobre os problemas pertinentes à adolescência: namorados ciumentos, regimes, moda, a última banda jovem de sucesso, etc. Também foram descartadas.

Segui percorrendo as acomodações daquele ambiente, quando me deparei com um grupo de pessoas posicionadas em quatro mesas unidas. Pareceu-me que confraternizavam alguma data ou evento especial. Bebiam, riam discretamente e, em determinados momentos, falavam em outro idioma (inglês) sobre vários assuntos: viagens a outros países, frio europeu, ruas de Londres. Ou ainda sobre as belas pontes, catedrais, torres pontiagudas e cúpulas de igrejas de Praga. *"Nada que me diga respeito"*, imaginei. Continuei lançando olhares atentos às figuras ali presentes.

Em uma das últimas fileiras, no canto direito do recinto, no sentido de quem entra no restaurante, havia um homem cujo aspecto sombrio me intrigou. Calculei no máximo trinta e cinco anos para aquele sujeito que exibia uma expressão cansada e distante. Tinha a impressão de que seus pensamentos sobrevoavam terras longínquas, onde lúgubres segredos teriam sidos sepultados à revelia.

O homem bebericava algo que parecia uísque, enquanto mantinha os olhos congelados na refeição intocada. Parecia ter-se desligado de tudo o que acontecia à sua volta. Após meia dúzia de tentativas frustradas, os garçons também desistiram de lhe dedicar alguma atenção.

À medida que me deslocava até a sua mesa, comecei a me sentir invadido por uma estranha sensação. Havia um sentimento de angústia rondando aquela pobre alma. Intuí um desespero velado naquele semblante mórbido. Compreendi que aquele era "o homem". Eu estava diante da minha missão.

Detive-me a menos de dois metros do homem e pude constatar algo assustador. Havia sombras próximas a ele. Pareceu-me que espíritos das trevas sussurravam dissimuladamente ao seu ouvido. Concluí que talvez eu houvesse sido enviado ali para livrá-lo de tais sombras. Tentei um contato verbal com o sujeito, e imediatamente lembrei que não sou visível aos vivos. Com raríssimas exceções, um contato direto com pessoas vivas me pareceu improvável. Enquanto isso, as vozes do mal continuavam a persuadi-lo.

Os quarenta e dois minutos seguintes foram de uma angustiante espera. Limitei-me a observá-lo, pois ainda não sabia qual atitude tomar. As sombras o envolviam num ritual macabro, consumindo suas energias e induzindo-o às trevas.

Após jantar (força de expressão, pois a comida continuava intocada), o homem finalmente deixou o estabelecimento. Atirou-se no banco do seu carro e, ignorando por completo a existência do cinto de segurança, mergulhou num labirinto de ruas escuras e semidesertas, percorrendo vários bairros da cidade de pouco mais de noventa mil habitantes.

Quando o veículo estacionou sob uma grande árvore, que tornava o local mais sombrio pela ausência de iluminação, eu já estava lá esperando por ele. Dentro do carro, adivinhava-se a silhueta de um sujeito atormentado por seus demônios, cuja culpa, impregnada de sangue, lhe escorria por entre os dedos. O consumo do álcool contribuía para o distanciamento da sua sanidade mental, conduzindo-o ao limite do sustentável. Quanto mais o homem bebia, mais as sombras sussurravam ao seu ouvido, deixando-o alucinado.

De pé ao lado do carro, próximo à porta do motorista, eu apenas contemplava a deplorável cena. Sentia-me impotente diante dos fatos, incapaz de ajudar o pobre homem. Só me restava esperar até que me fosse revelado algum meio de intervir em toda aquela situação. Por alguns segundos, tive a impressão de que corríamos contra o relógio, pois, à medida que o tempo passava, o sujeito ficava mais alterado.

Enquanto choramingava e se afogava numa garrafa de vodka, o homem balbuciava algumas poucas palavras. Algo absolutamente ininteligível. Intuí que a influência dos seres sombrios falando ao seu ouvido prejudicava seu raciocínio e sua comunicação. Após considerável esforço, julguei que compreendia algumas palavras proferidas por ele. Pareceu-me que se referia a nomes de pessoas. Dentre todos os ruídos, ouvi qualquer coisa como *Vânia, Sônia,* ou algo parecido.

Em dado momento, ele inclinou-se para frente e abriu o porta-luvas. De lá, retirou o que pareciam algumas fotografias. Uma expressão de lamúria tomou-lhe a face imediatamente. Continuava a balbuciar palavras desconexas. Agora seus olhos se voltavam para as fotografias, como se conversasse com elas. Parecia lamentar profundamente algo que acontecera.

Durante o tempo em que esteve conversando com as imagens refletidas naqueles pedaços de papel, apenas alguns fragmentos de frases se faziam entender. Adotando um tom de voz obscuro, ele dizia: "(...) me perdoem... eu... eu juro... juro que não queria fazer isso (...)".

Após um breve momento de lamentação, ele alcançou novamente o porta-luvas. Dessa vez, tirou de lá uma pistola automática Taurus PT 58, engatilhou-a e a conduziu em direção à cabeça. Um fio de desespero percorreu todo o meu ser. Eu estava prestes a presenciar um suicídio e não tinha a menor ideia do que fazer para evitá-lo. Subitamente ele girou a cabeça em minha direção, como se, num breve lampejo, pudesse me visualizar. Constatei que a minha imagem se refletia naqueles olhos opacos, cujas pupilas se dilatavam enquanto um último sopro de esperança se esvaía como poeira ao vento. Percebi que o seu dedo indicador se movia pressionando lentamente o gatilho...

12

AS SOMBRAS

Desde a infância, Jorge Alfredo já manifestava seus primeiros sinais de intolerância e agressividade. Um garotinho problemático, ardiloso e extremamente habilidoso com as palavras. Havia os que diziam que o garoto nascera com o estranho dom de manipular as pessoas.

As intermináveis conversas com um suposto amigo imaginário, ainda com três ou quatro anos de idade, atraíam a atenção dos pais do garoto, que, cautelosos, viam com temor os hábitos do filho. Amigos imaginários são comuns a praticamente todas as crianças nos primeiros anos de vida, mas o que intrigava os pais do pequeno Jorge eram os conteúdos de tais conversas: demasiadamente adultos. A criança se lançava numa conversa de *gente grande*, onde apenas sua voz infante se podia ouvir. Termos como *babaca*, *idiota*, *cretino* eram frequentemente ouvidos nos diálogos fictícios. Um profissional foi consultado pelos pais de Jorge, e sua opinião era perfeitamente aceitável. A psicologia sugere que esse tipo de comportamento é comum entre crianças consideradas tímidas. Profissionais da área defendem que crianças consideradas tímidas ou solitárias podem mesmo criar amigos imaginários. Entretanto, ainda de acordo com o ponto de vista da maioria desses profissionais, tal comportamento não acarreta nenhum dano ao desenvolvimento intelectual das crianças.

Apesar dos constantes esforços dos pais de Jorge para que o garoto adotasse um comportamento considerado apropriado para crianças da sua idade, ele às vezes tinha atitudes absolutamente intrigantes.

Certa vez, ainda com oito anos de idade, após uma pequena desavença com um dos primos, dois anos mais velho, o garoto Jorge o intimidou, agitando-lhe o dedo indicador a menos de dez centímetros do nariz, num gesto ameaçador.

— Faça isso novamente, e eu te corto em pedacinhos! — vociferava Jorge, sem perceber que os pais o observavam.

A enérgica advertência fora consequência de um ato banal de Walter, que brincava com uma bolinha de tênis que Jorge ganhara de um amigo de escola.

Grande poder de persuasão e habilidade no trato com as pessoas eram características marcantes na personalidade de Jorge. Dispensava esforços para convencer os pais, os amigos ou quem cruzasse o seu caminho, de que não havia nada de anormal em suas atitudes. Dissimulado, o rapaz tinha propensão à maldade. Porém, com um raciocínio extremamente rápido, ele era capaz de reverter qualquer situação que lhe fosse desfavorável. Geralmente acabava saindo como vítima de situações que claramente o incriminavam.

Filho único de Ana Lúcia e André, o jovem desfrutara de uma vida relativamente confortável e cheia de mimos. O pai, gerente de uma empresa revendedora de máquinas agrícolas, dedicava-se à felicidade da esposa e do filho. Lúcia era proprietária de uma conceituada clínica de estética e beleza de Umuarama (cidade com 100 mil habitantes do noroeste do Paraná).

Jorge tinha por certo a satisfação de quase todos os seus caprichos. De tempos em tempos, seus pais se recusavam, num primeiro momento, a atender alguns pedidos do filho, induzindo-o a aprender e a valorizar suas conquistas e, de certa forma, a cultivar os sonhos almejados. Costumavam dizer que só vivemos plenamente neste mundo quando temos um sonho. Diziam mesmo que cada ser humano deve ser digno dos sonhos conquistados. "Sempre que você conquista um sonho, deve ter o cuidado de já ter outro em mente; assim, o sentido da vida continua", diziam eles em tom filosófico.

Numa atitude louvável e talvez comum a todos os pais, eles se desdobravam para que o filho aprendesse e valorizasse os conceitos morais e éticos que, teoricamente, deveriam dar sustentação a todo ser humano. Mas existe um ditado popular que diz: pau que nasce torto, morre torto. Esta frase está longe de ser só mais um clichê. É pura sabedoria popular. E, no caso de Jorge, isso fazia todo o sentido do mundo. Não faltavam os que consideravam seu comportamento como anormal.

Certa tarde, já no auge dos dezesseis anos, em um colégio que ostentava o rótulo de ser frequentado por jovens da classe média alta, Jorge meteu-se em mais uma confusão. Por um motivo fútil, o rapazote arremessou uma cadeira contra um colega de sala. Ao ser questionado pela diretora do colégio, sua resposta foi leviana:

—Não gostei da maneira como ele me olhou.

O garoto atingido por Jorge tratou de defender-se do que considerava um mal-entendido, muito embora, de acordo com os relatos dos demais alunos, isso não se fizesse necessário.

—Só queria pedir uma borracha emprestada — replicou o jovem, completamente aterrorizado.

Um sarcástico sorriso emergira dos lábios de Jorge no exato momento em que atingira o colega com a cadeira. Seis pontos na cabeça foi o resultado da agressão. Após vários pedidos de desculpas dos pais de Jorge e também da diretora do colégio, os pais do garoto agredido optaram, ainda que a contragosto, por não registrar queixa à polícia. Afinal, isso poderia macular a imagem da instituição de ensino, a qual nunca havia registrado nenhum caso de violência de tal âmbito.

—Isso não voltará a acontecer — disse Jorge, prometendo o que não podia cumprir.

Suas palavras perderam-se ao vento, já não inspiravam confiança.

—Parem de me amolar, não há nada de errado comigo! — dizia Jorge, resoluto, em resposta à sugestão dos pais de que ele considerasse a possibilidade de contar com a ajuda de um médico especialista.

Talvez pela visível falta de disposição em suportar a pressão do filho, os pais optaram por não insistir na ideia e deram o assunto por encerrado. Pelo menos temporariamente. Sabiam que o desvio comportamental do rapaz não tardaria a se manifestar novamente. Estavam certos.

No boletim de ocorrência, registrado quatro meses mais tarde, constava acusação de lesões corporais e tentativa de homicídio, na qual um sujeito cujo nome aparecia como Michael de Souza assumia a condição de vítima. Michael, que trabalhava como garçom em uma das lanchonetes da cidade, tivera a cabeça atingida por uma garrafa de cerveja, numa explosão de violência onde Jorge era o personagem principal.

O caso foi registrado com o agravante de tentativa de homicídio, porque, após esfacelar a garrafa na cabeça do jovem, Jorge utilizou-se do que sobrara do objeto (um enorme caco pontiagudo) para ameaçar um novo ataque ao garçom. A intervenção dos amigos de Jorge evitou que algo mais grave ocorresse.

A confusão ocorrera no Chivas Club, uma espécie de barzinho onde alguns jovens costumam se encontrar para conversar, beber e passar momentos agradáveis com os amigos. O lugar, que serve variados lanches e porções, oferece também música ao vivo com cantores e banda locais.

Jorge ocupava a mesa de número 16, onde conversava animadamente com dois amigos. A certa altura, os jovens perceberam que já não havia mais líquido nas garrafas de cerveja sobre a mesa. Com o braço levantado, Jorge fez um sinal aos garçons, que se esbarravam uns nos outros num incrível movimento de vai e vem, na tentativa de atender aos mais diversos pedidos dos clientes. O fato de o local ser um dos mais frequentados da cidade contribuía para a situação de desespero dos atendentes, que nem sempre conseguiam conceder atenção a uma primeira solicitação.

No momento em que Jorge fez sinal pela quarta vez, percebeu que um jovem que se posicionava próximo ao balcão o observava, retribuindo com um sinal que sugeria paciência. Jorge irritou-se e, já de pé, disparou:

— O que a gente precisa fazer para ser atendido nesta merda?

— Só um minuto, já vamos atendê-lo, senhor! — respondeu o rapaz, tardiamente solícito.

— Eu quero mais uma cerveja!

— Só um minuto.

— Só um minuto... — ironizou Jorge, contrariado. — Parece que esse camarada só sabe dizer isso. Isso só pode ser brincadeira.

— Relaxa, cara, daqui a pouco alguém virá nos atender — disse um dos rapazes que compunham a mesa, temeroso.

Embora furioso, Jorge calou-se. Limitou-se a lançar um olhar exterminador ao jovem garçom.

— Tudo bem, otário. Não custa nada esperar para lhe dar o que merece! — resmungou Jorge.

Menos de cinco minutos depois, o garçom se posicionava em frente à mesa. Trazia em uma das mãos uma bandeja, a qual equilibrava de maneira majestosa, contendo algumas garrafas de cerveja. Jorge o acompanhava com os olhos.

Diante do olhar desdenhoso de Jorge, o garçom limitou-se a desempenhar rapidamente a sua função. Pousou a garrafa sobre a mesa, abrindo-a logo em seguida.

— Mais alguma coisa, senhor? — perguntou o garçom, numa frustrada tentativa de demonstrar simpatia.

Não houve resposta. Nem de Jorge, nem dos amigos. Estes se mostravam distraídos, observando algumas garotas da mesa ao lado, que falavam demasiadamente alto, enquanto bebiam e riam.

Diante da negativa generalizada, o jovem garçom virou-se, no intuito de atender os outros clientes, quando foi surpreendido com um violento golpe na cabeça. Jorge o acertara com a garrafa que o pobre diabo acabara de trazer. Imediatamente um fio de sangue escorreu-lhe no rosto, misturando-se ao líquido à base de cevada e lúpulo, tornando-se uma composição pegajosa cujas manchas se espalhavam aleatoriamente sobre o uniforme.

Alguns segundos se passaram até que o jovem pudesse identificar o que o havia atingido. Levou uma das mãos à cabeça e, quando voltou a encará-la, constatou que esta adotara um tom carmim. Sentiu náuseas e, por um instante, seu mundo se desintegrou no ar como vapor numa tarde de inverno.

Socorrido pelos colegas de trabalho e por alguns clientes, que se mostraram horrorizados com a situação, o jovem foi encaminhado a um hospital para as devidas providências.

Após a agressão, Jorge sentou-se calmamente e, sob os olhares de repúdio do público presente, disse em tom grave e ameaçador:

— Ninguém me ofende sem que se arrependa amargamente.

Todos os olhares recaíram sobre ele. Houve um silêncio sepulcral. Jorge deixou escapar um estranho sorriso de satisfação.

O fato de o dono do bar onde tudo ocorreu ser um velho conhecido dos pais de Jorge contribuiu mais uma vez para que ele se safasse, pelo menos em parte, do ato covarde que cometera contra o jovem garçom.

Ao contrário do proprietário do estabelecimento, os pais do garoto agredido procuraram, sim, a delegacia e registraram o ocorrido. Mas um astuto advogado contratado pelo próprio Jorge resolveu o caso sem grandes complicações. Os pais ainda se dedicavam a acreditar na transformação do filho. Mas um futuro não muito promissor parecia iminente.

¤¤┽¤¤

O início do romance com Flávia, aos olhos dos pais de Jorge, ganhou um aspecto quase sagrado. Era como se o Divino fosse lançar-se sobre todas as almas pecadoras da face da Terra, convertendo-as a uma benevolência infinita. A moça surgira na vida de Jorge como o sopro de uma brisa úmida numa tarde escaldante de verão. O homem que antes ostentava um olhar indiferente e um comportamento questionável começava a sentir o arroubo de uma paixão.

Flávia era uma jovem dotada de uma simplicidade cativante. Seu cabelo liso e ruivo não passava da altura dos ombros, contrastando com os traços de uma pele pálida e delicada. Seu corpo bem delineado era frequentemente alvo de olhares ávidos pelo *pecado da carne*. Contudo, a moça adotara uma postura capaz de aniquilar qualquer um que ousasse um galanteio pernicioso. Jorge tivera de lançar mão de quase todo o seu leque de artimanhas para conquistar aquele coração de donzela.

Entre outras coisas, a jovem dedicava-se com afinco ao curso de Agronomia em uma faculdade da cidade. Embora morasse na área urbana, Flávia se mostrava uma grande apreciadora da vida no campo.

Já nos primeiros meses de namoro, a moça costumava convidar Jorge para passar alguns fins de semana no sítio do avô, uma pequena propriedade a cerca de vinte quilômetros da cidade de Umuarama. Lá, em contato com a natureza, eles se divertiam tomando banho de cachoeira, pescando, cavalgando, seguindo trilhas e vivendo intensamente os momentos de lazer que a vida no campo lhes proporcionava.

Enfim, a conduta do rapaz parecia estar adentrando caminhos nunca antes trilhados. A tolerância, a afabilidade e a dedicação à pessoa amada se tornaram atributos constantes no quotidiano de Jorge. A reciprocidade daquele amor começava a dar sinais de mudança na vida daquele homem cujo histórico jamais fora digno de orgulho. Agora o rapaz se mostrava emocionalmente estável. Decidiu que já era hora de voltar a se dedicar aos estudos, pensar no futuro e fazer planos para uma vida ao lado daquela a quem seu coração passara a pertencer.

A volta à vida acadêmica era só mais uma entre tantas mudanças planejadas pelo rapaz. Em cinco anos ele estaria graduado no curso de Ciências Contábeis.

Mas a natureza humana é um labirinto sombrio em constante estado de ebulição onde, quando menos esperamos, são lançados à tona nossos mais profundos medos, traduzidos em angústia, insatisfação ou a cólera intrínseca, arraigada em nossas entranhas. Após oito meses do início do relacionamento com Flávia, Jorge permitiu-se novamente o sabor insípido de um perfil agressivo e severo. As discussões, antes esporádicas, agora ganhavam tons mais acentuados e frequentes. Um ciúme despropositado assombrava-lhe a alma, fazendo-o desejar o controle absoluto de todos os passos da namorada.

Flávia, embora até aquele momento ignorasse esse lado hostil do namorado, considerava a possibilidade de contornar a má fase e seguir adiante com o relacionamento, pois se sentia perdidamente apaixonada por Jorge. "Quando amamos de verdade alguém, tendemos a superar os defeitos dessa pessoa", dizia ela, exibindo a expressão mais serena de todos os mortais.

Porém, certa noite, ao sair da faculdade, a moça foi surpreendida por um súbito ataque de ciúmes. Jorge utilizou-se de palavras hostis e de baixo calão para açoitá-la, de modo que sua dignidade desmoronou junto com os sonhos de um *amor perfeito*. O motivo da desavença foi o fato de o homem acreditar que Flávia flertara com outro jovem durante um bate-papo com um grupo de amigos.

Desprovido de qualquer embaraço, Jorge agarrou indelicadamente a namorada pelo braço e, aos solavancos, atribuiulhe adjetivos desonrosos na presença de todos os que ali estavam. Lançando-lhe olhares furiosos, ele a conduziu até o veículo estacionado a poucos metros dali. A moça não reagiu.

— Acredita mesmo que pode me fazer de palhaço? —disse Jorge, enquanto fechava a porta do carro empregando uma força maior do que a habitual.

Flávia ignorou a retórica. Ele girou abruptamente o queixo da moça, fazendo-a encará-lo.

— Você está me machucando — disse ela, exasperada, sustentando seu olhar.

— Não levante o tom de voz pra mim, Flávia.

— Mas o que há com você?

— Não quero que fique de conversinha com esses otários daqui.

— Mas são meus amigos, e eu não vejo...

Jorge a interrompeu fazendo um sinal de silêncio com o dedo indicador sobre os lábios, enquanto arrancava com o veículo.

— Eu te amo — disse Flávia, em tom de desabafo. — Mas ouça bem. Se você continuar com esse comportamento, teremos que pôr um fim no relacionamento.

— Se fizer isso, você morre! — retrucou Jorge freando o carro bruscamente.

O casal trocou um longo e silencioso olhar. Pela primeira vez, a moça começava a suspeitar que sua vida corria perigo ao lado daquele homem.

Na manhã do dia seguinte, ao sair da delegacia, Flávia estava convencida de ter feito a coisa certa. Registrara uma queixa na qual afirmava ter sido ameaçada de morte pelo ex-namorado. O amor sublime sucumbira às sombras de uma mente perturbada e ameaçadora.

— Você entendeu bem? — perguntou o delegado.

Jorge fez que sim com a cabeça. Respondia à advertência de que, se fosse pego a menos de 50 metros de distância de Flávia, seria preso imediatamente.

— Não se preocupe com isso — concluiu, com um olhar distante.

— Espero não ter o prazer da sua presença por aqui novamente — advertiu o homem da lei.

Jorge assentiu sem constrangimento.

Os pais do rapaz seguiram buscando uma explicação para o comportamento instável do filho. Entendiam que era preciso conhecer a raiz do problema para, só a partir daí, enveredar por uma possível solução. As mais curiosas explicações não tardaram a chegar.

Alguns pastores evangélicos sugeriam que o rapaz tinha fortes influências de espíritos malignos, os chamados *encostos*. Já para o Clero, a resposta estava na negligência dos pais em dar carinho e atenção ao filho em determinados momentos de sua infância. Tese que os pais de Jorge contestavam, pois nunca negaram carinho e atenção ao filho.

No campo psiquiátrico, havia os que defendiam que traumas ou conflitos de infância tendem a gerar esse tipo de comportamento. Houve, inclusive, quem citasse o famoso distúrbio de Oxnam.[1] Robert tinha onze personalidades.

O distúrbio de Oxnam costuma surgir na infância, em geral causado por uma experiência traumática. Enquanto é estuprada ou espancada, por exemplo, uma criança pode induzir sua mente a imaginar que é outra pessoa, numa tentativa de refugiar-se em outra personalidade.

Os pais de Jorge nunca encontraram indícios de que o filho pudesse ter sido espancado ou abusado sexualmente quando criança — embora, em relação a abuso sexual, geralmente a criança esconde o fato dos pais, o que dificulta uma possível reversão do trauma. Mas, ainda que eles descobrissem a origem de tanta fúria do filho, precisariam da colaboração do próprio Jorge para tentar fazer um tratamento. Mas o rapaz já havia deixado bem claro que não iria colaborar.

Nos anos seguintes, refugiando-se no pretexto de sua última desilusão amorosa, o rapaz mergulhou num mundo de personalidades obscuras, onde a lucidez não passava de fragmentos de uma realidade deturpada e sombria. As frequentes brigas e desentendimentos arrastavam o jovem para um precipício repugnante, cujos tentáculos viscosos tentavam, a todo instante, levá-lo cada vez mais para o fundo.

O delegado nem fingiu surpresa ao receber a *ilustre* visita de Jorge após o rapaz ser preso em flagrante por desacato a autoridade. Uma multa de trânsito desencadeou um ataque de fúria no rapaz, que, aos berros e sem dar chance de resposta, deu de dedo e disparou pelo menos cinco palavrões contra o policial. Este, mesmo boquiaberto, não hesitou e o autuou no mesmo instante.

Vinte e três meses e quinze dias se passaram. E estes se mostraram pontilhados por repetitivos incidentes envolvendo o rapaz. Delegacia, processo, fiança, advogados... Essas foram, sem dúvida, as palavras mais ouvidas e pronunciadas durante aquele período. Até que, mais uma vez, contrariando todas as expectativas, algo, ou melhor, alguém mudaria a conduta do rapaz. Seu nome: Estefânia.

Seu cabelo negro, à altura das ancas, conferia-lhe o irresistível charme da mulher latina. Mais precisamente da mulher brasileira, tantas vezes exaltada por compositores, cantores e poetas. A moça exercia uma fascinação natural sobre o sexo oposto. Jorge perceberia isso já nos primeiros minutos de conversa. Aquela criatura de pele morena e curvas calculadas arrebatou o coração do rapaz, que se apaixonou perdidamente. A moça correspondeu aos galanteios do pretendente e em pouco tempo estavam namorando.

O casamento de Estefânia e Jorge foi encarado com muita cautela pelos pais do rapaz, que, devido aos desapontamentos anteriores, receavam pelo futuro da moça. Contudo, mais uma vez optaram por não se opor ao desejo do filho, que se autointitulava *um novo homem*. Mas aquela não era a primeira vez que os pais de Jorge haviam ouvido tal afirmativa. Só lhes restava torcer pela felicidade do casal. Os pais da moça, por não conhecerem o histórico do noivo, abençoaram a união.

Nos anos seguintes, Jorge se mostrou o mais dedicado dos homens, assumindo uma postura de marido ideal e atencioso, surpreendendo até os próprios pais. Terminou a faculdade. Dedicava-se agora à luta por melhores condições de vida. Almejava abrir o seu próprio escritório de contabilidade. Acreditava mesmo que isso seria possível. Era só uma questão de tempo.

Impressionado com a determinação do rapaz, o senhor Arthur, pai de Estefânia, comentou algumas vezes que poderia, no futuro, ajudar o genro a alcançar seu objetivo. Um orgulho contraditório à vida pregressa de Jorge agora se apossava sorrateiramente daquele que se revelava a integridade em pessoa. O homem se desvencilhava de qualquer ímpeto de solidariedade financeira que partisse do sogro ou de quem quer que seja. Sustentava o nobre argumento de que alcançaria seus sonhos através dos próprios méritos. Tal postura reforçava o sentimento de confiança e admiração expressado pelo senhor Arthur em relação ao genro. Acreditava mesmo que Estefânia fizera a escolha certa.

¤¤✝¤¤

Formada em Jornalismo, Estefânia não mais exercia a profissão. Sobrava-lhe vontade; faltava-lhe oportunidade. Assim que deixou o ambiente acadêmico, a moça chegou a trabalhar em alguns dos poucos jornais da cidade. Mas não lhe agradava a ideia de ser colunista social, função que lhe fora apresentada em praticamente todos os jornais por onde passara. Jamais colocara em dúvida a dignidade de tal função, mas Estefânia aspirava a outros caminhos. Sonhava trabalhar em um grande jornal ou uma grande emissora de televisão. Imaginava-se mergulhada em artigos desafiadores e com uma boa dose de complexidade, cujos significados ultrapassassem os limites do simples ato da escrita. Mas, ao se apaixonar por Jorge, a jovem optara pelo amor. Permitira-se abrir mão de alguns dos seus sonhos pelo homem da sua vida, aquele com quem planejara formar uma família, envelhecer e, algum dia, olhar para trás com a sensação de que a vida valera a pena.

Estefânia trabalhava como gerente de uma conceituada agência de seguros. Algo completamente distante do que almejara, mas, considerando o fato de que nem sempre se pode ter tudo o que se quer, contentava-se com o trabalho que agora se tornara a função desenvolvida com toda a dedicação que lhe era possível.

Ainda na contramão das previsões dos que conheciam Jorge a fundo, mais três anos se passaram sem que ele revelasse a sua verdadeira natureza. Até que, certa noite, quando o casal assistia a um programa de TV onde os protagonistas viviam o drama de uma separação litigiosa, Jorge fez um comentário sinistro:

— Se algum dia tivermos de nos separar, isso só acontecerá com a morte de um de nós dois.

Estefânia esboçou um débil sorriso, por acreditar que o marido não falava a sério. Esperou que este sorrisse também. Não aconteceu.

— Eu te amo, meu querido — replicou ela, desconcertada. — Nunca vou me separar de você!

— O padre está certo — ele meneava a cabeça, com o olhar perdido. —Viveremos juntos e felizes até que a morte nos separe... Só ela (a morte) pode nos separar.

Estefânia mal podia acreditar no que acabara de ouvir. Pela primeira vez em toda a sua vida, sentiu-se ameaçada.

Naquela semana, Estefânia não conseguiu se concentrar no trabalho. A frase do marido ecoava em sua mente. Ele não estava brincando. E era justamente esse fato que a deixava preocupada.

Um mês e meio depois, ainda desconfortável com a frase de Jorge, Estefânia decidiu esquecer o incidente e pôr um ponto final naquela história. Preferia acreditar que o marido não seria capaz de lhe fazer mal algum. Ela o amava, e tudo o que mais queria era viver feliz ao lado do homem carinhoso que conhecera. Mas o que parecia ser um comentário isolado passou a se tornar algo constante. Às vezes, ao ingerir bebidas alcoólicas, Jorge fazia comentários em tom de ameaça, e Estefânia passou a suspeitar de que começava a correr perigo ao lado do homem que amava. Este, ao perceber uma esposa intimidada, passou a explorar comentários cada vez mais desagradáveis e ameaçadores. Começou a pressioná-la para que abandonasse o emprego. Curiosamente, passou a considerar *indecente* o fato de a esposa trabalhar fora. Estefânia percebeu que o mundo fictício de gentilezas e empatia que o rapaz mostrara até o momento começava a ruir.

Quatro meses após o início dos desentendimentos, Jorge chegaria ao seu extremo e agrediria Estefânia fisicamente pela primeira vez.

Certa noite, enquanto o casal jantava, Jorge reclamou da refeição, afirmando que esta se mostrava insossa, sem nenhum tempero. Insultou a esposa, desqualificando-a como mulher. Sustentava que, se ela não ficasse tanto tempo fora de casa, talvez aprendesse a cozinhar e não o submetesse àquela comida horrível.

— Eu sempre cozinhei assim, e você nunca reclamou! — afirmou Estefânia, defendendo-se.

— Está me chamando de mentiroso? Acha que eu estou inventando isso? — vociferou ele.

Não houve tempo para a resposta. Jorge levantou-se e, num movimento precipitado, arremessou o prato no rosto da mulher, cujo olho esquerdo foi atingido em cheio. Além da vermelhidão causada pelo contato do alimento quente na pele, um pequeno corte também surgiu no supercílio da mulher, levando-a ter o olho inundado por um líquido vermelho viscoso. O inchaço e uma enorme mancha arroxeada surgiram a seguir, maculando aquele sentimento que, de acordo com o ponto de vista de Estefânia, era o mais sublime do mundo. A humilhação estampava o rosto da mulher, quando esta buscou o colo e, sobretudo, a opinião da mãe sobre o ocorrido.

— Meu Deus, o que houve com o seu rosto? — disparou Deborah, com os olhos saltando-lhe da face.

— Eu não consigo — Estefânia fez uma pausa, enxugou as lágrimas usando o antebraço esquerdo — acreditar no que está acontecendo.

— Acalme-se, querida.

— Ele está irreconhecível, mamãe.

— Mas o que houve?

— Eu não sei. De uns tempos para cá ele não é mais o mesmo. Passou a me provocar o tempo todo.

Deborah contemplou a filha com ternura. Acolheu-a nos braços e, por alguns minutos, nada mais existiu. Uma cumplicidade de lágrimas inundava aquele momento onde a débil tentativa de conforto era recíproca.

Mais tarde, Jorge também chegava à casa da sogra. Relutava em disfarçar uma respiração ofegante. Trazia um olhar intimidador, que encontrou pela frente somente mãe e filha. O pai de Estefânia fora a um supermercado em busca de ração para Nero, o Rottweiler de estimação da família.

Ao encontrar a esposa chorando nos braços da mãe, Jorge aproximou-se e arriscou uma explicação: *distraída, a esposa teria sido vítima de um acidente doméstico. Enquanto servia o jantar, a mulher teria se desequilibrado, caído e atingido o rosto em um dos pratos que estavam sobre a mesa.* A história estava longe de ser convincente, mas Jorge pronunciava cada palavra de forma tão articulada, que a mãe de Estefânia não ousava questioná-lo. Em seguida, despindo-se da pele de *lobo mau*, o homem adotou novamente uma postura de bom marido, enquanto beijava Estefânia na testa. Deborah observava tudo calada.

Algum tempo mais tarde, ao retornar para casa, o pai de Estefânia se surpreendeu ao deparar-se com uma criatura fragilizada e com um hematoma do tamanho de uma laranja no olho esquerdo. O pequeno curativo limitava-se a esconder o ferimento no supercílio. Arthur se mostrou intrigado com a história narrada pelo genro. Este repetiu exatamente a mesma história relatada a Deborah, incluindo todas as vírgulas e pausas.

— Boa noite e cuide bem da minha filha. Não deixe que ela se machuque! — disse Arthur, lançando ao genro um olhar repreensor, indicando que a história do acidente não fora digerida por completo.

Jorge esboçou um sorriso frio e sem brilho antes de responder.

— Claro, senhor Arthur! — exclamou ele, dando uma piscadela e fazendo uma continência ao estilo escoteiro. — Tem a minha palavra!

¤¤╬¤¤

A tarde chegara com um aspecto profundamente melancólico. Um céu esverdeado se debruçava sobre a cidade, acompanhado de uma brisa abafada de fim de outono, cujo sentimento de esperança parecia estar sendo varrido para sempre dos corações dos justos. Uma partícula de dúvida começava a germinar insistentemente nas profundezas daquela alma inquieta. Pela primeira vez, seu ciclo menstrual se alterara, e isso indicava-lhe a dura possibilidade de uma gravidez.

Considerando o momento turbulento pelo qual passava seu relacionamento com Jorge, não seria nenhum exagero a Estefânia o temor de que tal notícia pudesse ter um efeito tão devastador quanto o de uma bomba atômica em suas vidas. Afinal, o homem dos sonhos estava se tornando o seu pior pesadelo. A essa altura, uma gravidez não planejada não lhe parecia uma boa ideia. Estefânia compreendeu que antever a reação de Jorge tornara-se um desafio quase inatingível. O resultado positivo, obtido dois dias depois no teste de gravidez realizado num dos laboratórios da cidade, fez surgir uma nova dúvida: quando contar a novidade ao marido?

Nas duas semanas seguintes, o segredo foi mantido à custa de um esforço colossal de Estefânia. A possibilidade de o marido tomar conhecimento de tal fato através de terceiros assombrava-a. Se isso acontecesse, pensava Estefânia, ele jamais a perdoaria. Decidiu que não mais sustentaria tal situação e colocaria Jorge diante da mais pura verdade.

Um céu desprovido de encantamento e minimamente estrelado compunha aquela noite de quinta-feira. Sem se dar o trabalho de inventar uma desculpa qualquer, Deborah organizara um jantar e convidara Estefânia e Jorge. Alheia à reprovação de Arthur, a mulher tinha como verdadeiro intuito bisbilhotar a vida conjugal da filha, pois a recente história da queda acidental de Estefânia a deixara intrigada. Sua intuição de mãe lhe dizia que havia qualquer coisa de sórdido por trás daquela história.

Por outro lado, Estefânia via naquele capcioso jantar a oportunidade perfeita para dar as boas-novas à família. Acreditava que, na presença dos seus pais, a reação de Jorge pudesse ser menos hostil.

Exceto pelo tilintar dos talheres, o profundo silêncio se revelou o amigo mais íntimo de todos os que se encontravam à mesa de jantar de Deborah, quando Estefânia articulou a temerosa frase:

— Preciso lhes dizer algo que, de certa forma, vem me incomodando já há algum tempo.

Deborah e Arthur trocaram um rápido olhar. Jorge, cuja mandíbula não parara de trabalhar até o momento, subitamente interrompeu o processo de trituração e, em seguida, lançou-lhe um olhar aniquilador.

— Pode falar, minha filha — disse Deborah, dirigindo a palavra à filha, mas mantendo os olhos grudados no genro.

Arthur pigarreou, esfregou um guardanapo imaculado nos lábios e em seguida passou a fitar a filha, pousando os cotovelos sobre a mesa.

— Estou grávida — revelou Estefânia.

O silêncio que se fez por alguns segundos pareceu uma eternidade para Estefânia. Jorge abriu um largo sorriso.

Incrédula e ainda estupefata com a atitude do marido, a jovem grávida sentiu-se vulnerável. Não soube interpretar o súbito sorriso de Jorge.

— Sou o homem mais feliz do mundo! — disse Jorge, ainda com um resquício do sorriso anterior.

A essa altura, Deborah e Arthur também se desfaziam num incontrolável contentamento.

— Você está falando sério? — indagou Estefânia, com a voz trêmula e um olhar cético em direção ao marido.

— Por que não estaria?

— Tive medo.

— Do quê?

— Da sua reação.

— O que quer dizer com isso?

Estefânia suspirou antes de responder. Precisava ganhar tempo e oxigenar bem o cérebro, pois não podia correr o risco de dar a resposta errada.

— Tive medo de que achasse precoce — replicou ela.

— O quê?!

— A gravidez.

Ele sorriu novamente.

— Besteira! Esta é sem dúvida a melhor notícia que um homem pode receber – completou, para alívio de Estefânia.

Quatro meses depois, Jorge confirmou que o seu desejo se tornaria realidade. Uma ultrassonografia revelara que aquela criaturinha delicada que habitara o ventre de Estefânia era do sexo masculino. O filho estava a caminho. E isso fez com que Jorge mudasse radicalmente o seu comportamento, prometendo *enterrar* o homem que fora outrora, dando início a uma nova etapa da sua vida. Comprometeu-se a desempenhar o seu papel com toda a dedicação e amor que houvesse nesta vida. Cinco meses depois, o garoto João Victor veio a este mundo.

Lágrimas verteram dos olhos de Jorge ao primeiro contato com o minúsculo e indefeso ser, cujas características físicas, como os olhos e o formato do rosto, pareciam uma réplica do pai. A mãe, orgulhosa, agora esperava que a tão sonhada felicidade passasse a fazer parte da vida da família novamente.

Jorge passou a dedicar-se com mais afinco ao objetivo de conquistar o seu próprio escritório de contabilidade. Estefânia, por sua vez, conseguiu uma promoção na agência de seguros onde trabalhava e começou a gerenciar também uma filial da empresa em Campo Mourão, cidade a 100 quilômetros de Umuarama. A maior parte do trabalho era coordenada através da Internet e do telefone. Contudo, as viagens à cidade vizinha frequentemente se faziam necessárias. Jorge se mostrava feliz com a ascensão profissional da esposa e aparentemente a apoiava em sua profissão.

À medida que o garoto crescia, Jorge parecia ficar mais obstinado com a ideia de ter a família perfeita. A constante busca da felicidade passara a fazer parte do seu quotidiano. Dedicava-se exclusivamente ao bem-estar da esposa e do filho. Porém, quando o pequeno João Victor completou três anos, surgiu o primeiro desentendimento entre o casal. Na época, a almejada estabilidade financeira já era uma realidade para o casal. Uma bela casa, carros luxuosos, e a abertura do próprio escritório de contabilidade faziam parte dos sonhos realizados por Jorge e

Estefânia. A mulher progredira vertiginosamente. Agora era responsável por toda uma rede de agências de seguros distribuídas estrategicamente em várias cidades do estado do Paraná. Com o aumento da responsabilidade na empresa e as frequentes viagens a trabalho, a falta de tempo disponível para a família passou a ser um problema. Surgiu aí um impasse. Alegando que agora não havia mais necessidade de que ela trabalhasse fora, Jorge determinou que a esposa abandonasse o emprego. Estefânia se recusou.

A pressão e os constantes vexames proporcionados por Jorge diante da presidência da empresa onde Estefânia trabalhava a fez ponderar sobre a possibilidade de mais uma vez abandonar seu sonho pessoal. Decidiu que largaria tudo, mas havia uma condição: queria mudar de ares, ir embora de Umuarama, deixar para trás todas as intempéries que vivera naquela cidade. Dois meses depois, o casal havia se mudado para Campo Mourão.

Jorge abriu o seu escritório próximo ao Shopping Santa Cruz, o único da cidade. Em pouco tempo já havia conquistado uma clientela maior do que a que tinha em Umuarama. Enquanto isso, Estefânia cumpria o que prometera. Passara a dedicar-se unicamente ao marido e ao filho.

A também rápida ascensão profissional na nova cidade pôs Jorge em evidência entre a classe empresarial da cidade, o que lhe conferia prestígio e notoriedade, fazendo com que sua agora seleta clientela aumentasse consideravelmente. Em apenas dois anos, Jorge já contava com o maior e mais requisitado escritório contábil da cidade. Com cada vez mais credibilidade e, consequentemente, mais trabalho, Jorge passou a permanecer mais tempo no escritório do que em casa. Agora a história se invertia.

Os anos foram passando e, à medida que os negócios progrediam, Jorge se tornava escravo do trabalho. O tempo disponível para a família ficava cada vez mais escasso e, com o ingresso do pequeno João Victor numa escola, a solidão bateu à porta de Estefânia. Embora feliz com o sucesso do marido, a mulher sabia que a solidão se mostra quase sempre uma implacável inimiga da vida conjugal. É contraditório estar casada e sentir-se só. Mas era assim que ela se sentia. Precisava de carinho. Queria sentir-se amada. Mas o marido parecia cada vez mais distante. Dedicava-se integralmente ao trabalho, deixando em segundo plano o relacionamento com a esposa e o filho. Talvez sem perceber, cometia o maior erro da sua vida.

A dedicação excessiva de Jorge ao trabalho fez com que em poucos anos o casal se tornasse um dos mais ricos da cidade, superando o padrão de vida de Umuarama, que na época já era considerado muito bom. Nos raros momentos de convivência, o casal usufruía dos privilégios que o dinheiro pode comprar: uma luxuosa casa, carros importados, vários imóveis alugados e até um sítio para o lazer nos fins de semana, raramente frequentado pelo casal, pois Jorge era adepto dos hábitos urbanos.

À medida que o tempo passava, Estefânia se distanciava cada vez mais do marido. O irreparável entusiasmo com o trabalho fez com que Jorge nem hesitasse em dizer sim quando a esposa o questionou sobre frequentar uma academia de ginástica. Três vezes por semana, a jovem mulher metia-se num traje de cores vibrantes, deveras grudado à pele, e entregava-se ao árduo prazer dos exercícios físicos, os quais, dois meses mais tarde, já lhe rendiam resultados significativos tanto para a sua saúde física quanto para o seu lado psicológico.

Estefânia havia acertado na decisão de matricular-se na academia, comentavam seus pais. A sombra da profunda depressão que antes a aterrorizava não mais fazia parte da sua vida. Após sete meses de academia, o corpo e a mente da dona de casa estavam em perfeita harmonia. Alfredo, seu instrutor, passou também a ser seu amigo e confidente. Ele, um solteirão que ainda morava com a mãe — uma senhora de 72 anos —, dedicava a vida ao esporte. Além de instrutor na academia, era coordenador de um projeto que tinha como objetivo a inclusão de jovens ao esporte. Sustentava a ideia de que, onde há esporte, não há lugar para violência e drogas. Assim, dedicara sua vida até então ao arregimento de jovens de comunidades carentes, na sua maioria com tendência à marginalidade. Foi conhecendo a história de vida de Alfredo que Estefânia se tornou uma espécie de admiradora do instrutor. Sentiu-se à vontade para compartilhar com ele seu atribulado relacionamento com Jorge. O instrutor jamais ousava aconselhá-la, pois, por nunca ter-se casado, não se julgava apto para tal tarefa. Contudo, dava-lhe atenção e ouvia com paciência seus lamentos, o que já era de grande valia, pois Jorge não o fazia.

Certa tarde, ao chegar à academia, Estefânia foi surpreendida com a informação de que seu instrutor e confidente teria de ausentar-se das aulas por certo período. Estava doente. Teria desenvolvido uma espécie de apendicite aguda, cuja gravidade só lhe permitiria retornar ao trabalho após uma cirurgia. David, um professor de Educação Física da rede pública de ensino foi escalado para substituí-lo.

No primeiro dia com o novo instrutor, Estefânia ficou paralisada ao ver aquele homem entrar na sala onde ela se exercitava. Era um homem de no máximo 26 anos, cujos traços, característicos da ascendência italiana, conferiam-lhe um charme singular, dotado de algo terrivelmente sedutor. Alto, de pele clara e olhos negros, David ostentava uma cabeleira lisa, cujos fios, meticulosamente penteados para trás, ao estilo Al Pacino num desses filmes sobre a Máfia, chamaram, talvez inconscientemente, a atenção dos olhares no recinto. Entre eles, o olhar estupefato de Estefânia, que sentia, ao mesmo tempo, um misto de fascínio e pavor com a situação. O jeito tímido e o ar paradoxalmente desprotegido do rapaz deixaram-na extasiada. Estefânia nunca havia imaginado que algum dia pudesse olhar de forma ousada para outro homem que não fosse seu marido. Jamais passara por sua cabeça trair Jorge. Nem ela própria sabia explicar a fascinação que aquele homem exercia sobre ela.

Já na primeira semana de aulas com o auxílio de David, notava-se uma significativa mudança no comportamento de Estefânia. Esta se mostrava mais serena, menos irritada com os frequentes atrasos do marido e com o seu vício pelo trabalho. Às vezes, sem perceber, a dona de casa se surpreendia pensando em David. Entretanto, alimentar aquele sentimento lhe parecia algo despropositado e extremamente perigoso. Contudo, a doce sensação de entregar-se ao júbilo de um possível novo amor parecia sobrepujar seu coração. Ao passo que se sentia excitada com uma paixão proibida, também se sentia culpada, pois tinha a consciência de ser uma mulher casada. De acordo com os seus princípios morais, mulheres casadas jamais devem trair os maridos.

Ainda que fizesse o possível, Estefânia não conseguia camuflar seus sentimentos por aquele homem. O instrutor começou a perceber o encantamento que lhe causava e, mesmo sabendo das normas da academia, que obviamente proibiam envolvimento entre instrutores e alunos, começou a corresponder aos olhares cada vez mais apaixonados da mulher.

Em casa, Estefânia contava as horas para estar na academia. Ao chegar lá para as aulas, David oferecia-lhe um sorriso tão encantador, que exercia sobre ela um efeito semelhante ao dos raios do sol iluminando-a e aquecendo-lhe a alma num dia de inverno. Estefânia percebeu reciprocidade na atração que sentia por ele. Aos poucos, sem que as outras pessoas percebessem, David passou a demonstrar uma atenção especial à aluna. Sem se dar conta, o envolvimento de Estefânia com aquele homem parecia um caminho sem volta. Frequentar as aulas de ginástica com David tornara-se quase uma necessidade para ela.

Numa tarde de quarta-feira, o rapaz encheu-se de coragem e convidou a aluna favorita para um tomar um suco na lanchonete da própria academia. A primeira resposta foi um sorriso. A segunda foi um sim que soou como música aos ouvidos de David. Controlou a ansiedade. Não queria parecer afoito aos olhos daquela mulher que se fazia especial a cada dia.

Sob os olhares de outros instrutores e alunos, os dois conversaram durante quinze minutos, enquanto saboreavam os seus sucos e apreciavam o mágico momento. Tentavam agir com naturalidade. Mas o clima de sedução apropriou-se sorrateiramente daquele momento. David, correndo o risco de parecer indiscreto, disse a Estefânia que gostaria de saber um pouco mais sobre ela. A mulher limitou-se a dizer que era casada e tinha um filho de sete anos, a quem amava muito. Perspicaz, o rapaz percebeu que Estefânia afirmara amar muito o filho, porém não expressara o mesmo sentimento com relação ao marido.

— Levo uma vida normal — continuou Estefânia, referindo-se à pergunta de David.

— Como assim, normal?

— É melhor deixar pra lá! — replicou ela, demonstrando desconforto ao falar da convivência com o marido.

— Certo!

David sorriu, exibindo seus dentes brancos perfilados de forma quase simétrica, exceto pelos caninos, que destoavam do conjunto.

— E você? — perguntou Estefânia.

— Eu o quê?

— É casado? Tem filhos?

— Agora não mais — respondeu David com um olhar distante.

— Como assim?

— Tive um relacionamento com uma professora de Português durante três anos, mas —fez uma pausa, comprimindo o lábio inferior — não deu certo.

— E quanto aos filhos?

— Não tivemos nenhum. Digamos que ela não tinha muito tempo para isso — disse David com expressão séria.

O rapaz seguiu narrando sua história. Ironicamente, seu casamento havia fracassado pelo mesmo motivo do atual sofrimento de Estefânia. Sua então esposa trabalhava muito e não tinha tempo para o casal. Ela lecionava o dia inteiro e boa parte da noite. Frequentemente, como não poderia ser diferente, ela levava trabalho para casa, pois precisava corrigir provas, preparar a aula do dia seguinte, etc. Esse excesso de trabalho por parte da esposa acabou afastando o casal.

Ao ouvir a narrativa de David, Estefânia se identificou ainda mais com o rapaz, mas preferiu não comentar a semelhança de suas histórias. Após alguns minutos, o casal se despediu. Mas não sem antes David entregar à mulher o número do seu celular escrito discretamente num guardanapo de papel, com a desculpa de que, se Estefânia precisasse de ajuda profissional fora da academia, poderia ligar para ele. Com toda a sensibilidade peculiar às mulheres, Estefânia sabia a real intenção do rapaz. Mas no fundo ela adorou o interesse de David. Isso a fazia sentir-se amada e desejada, algo que já não sentia havia muito tempo ao lado de Jorge.

Duas semanas após o rápido e retraído encontro entre David e Estefânia, o rapaz decidiu convidá-la novamente. Dessa vez, para tomar um café em um barzinho próximo à academia. Precavido, o rapaz tencionava evitar ficar sob os olhares curiosos das pessoas que trabalhavam ou frequentavam a academia. Afinal, ele sabia que possivelmente alguém poderia fazer algum comentário maldoso, e isso poderia ser bem embaraçoso.

Naquela tarde, um céu de poucas nuvens, exibindo um tom âmbar, anunciava o segundo encontro do casal. O bar estava relativamente vazio. Alguns poucos jovens, na sua maioria adolescentes acompanhados de seus gigantescos *milk shakes* e lanches exóticos, povoavam as mesas do ambiente. Com poucos rostos dispostos a observá-los, David e Estefânia se sentiram mais à vontade e puderam mesmo trocar alguns olhares mais ousados. Entre uma gentileza e outra, o casal entregou-se a um clima e, por alguns instantes, se sentiram *a sós,* mesmo diante das pessoas presentes. Falaram dos mais variados assuntos e riram muito de coisas que em outras ocasiões não teriam a menor graça. Mas, naquele momento, a magia estava no ar. Nas entrelinhas daquele encontro, surgia uma sedução avassaladora, capaz de aniquilar de maneira impiedosa qualquer sinal de pudor. O brilho que emanava dos olhares de ambos alertava: a insensatez povoa os sonhos dos apaixonados. Em vão. Pois a única coisa que parecia importar naquele momento era que ambos estavam muito felizes. Após algumas gargalhadas, veio o silêncio. Após o silêncio, o desejo. Estavam ali, os dois, observando-se mutuamente e, sem que nenhuma palavra fosse pronunciada, beijaram-se.

Súbito, Estefânia despertou para a realidade. Agora havia em seus pensamentos um misto de felicidade e culpa. Acabara de beijar um homem que não era o seu marido. E, o que era pior, havia gostado. Pecado? Talvez! Mas seus sentimentos por David, antes uma paixão platônica, agora ganhavam contornos reais. Isso a deixava preocupada e, ao mesmo tempo, feliz, pois sentia novamente os encantos do amor em seu coração.

A primavera chegara trazendo a beleza e os encantos das várias espécies de flores que se alastravam pela cidade, formando um imenso tapete cuja vivacidade irradiava-se aos corações apaixonados. Os pássaros ziguezagueavam num céu infinitamente azul, dando a impressão de que a felicidade deixara de ser um privilégio de poucos e se tornara um direito irrevogável dos que a procuram. A vida se mostrava mais exuberante. As chamas de um amor verdadeiro se propagavam no coração de Estefânia. A mulher deixara repentinamente de queixar-se da ausência do marido e, a partir daí, as coisas ganhariam novas proporções. Ela e David passaram a se encontrar, de maneira reservada, com mais frequência. Sempre após as aulas, o casal seguia para um motel numa das saídas da cidade. Para não despertar suspeitas, saíam da academia em momentos diferentes e se encontravam perto do motel. Geralmente passavam apenas uma hora juntos, já que, após o encontro, ela tinha de buscar o filho no colégio. Essa rotina repetiu-se durante meses. Para que os colegas de academia não percebessem o relacionamento dos dois, durante o horário das aulas eles passaram a agir como estranhos, ou melhor, como professor e aluna, tornando o relacionamento estritamente profissional.

Mas, como não existe crime perfeito, ou melhor, traição completamente secreta, o romance estava prestes a ruir.

Na maioria das cidades interioranas, é comum as pessoas especularem sobre a vida das outras. Sendo assim, não demorou muito para surgirem os primeiros boatos relacionados ao casal. Tais rumores logo chegariam aos ouvidos de Jorge.

Certa tarde, durante o expediente, Jorge recebeu um telefonema anônimo. Do outro lado da linha, ouvia-se a voz de uma mulher que se identificou apenas como Sonia.

— Sou sua amiga — ela limpa a garganta, emitindo um grunhido — e só por isso vou lhe abrir os olhos.

— Pois não?! — diz Jorge, acreditando tratar-se de algum assunto relacionado ao trabalho.

— Ela não presta, ouviu bem? A *cadela* está te traindo!

— De que diabos você está falando?

— Da sua "adorável" esposa — retrucou a voz do outro lado.

— Você não acha que já está bem grandinha para passar trotes? — reagiu Jorge, agora considerando tratar-se de uma brincadeira de mau gosto.

— Se você prefere acreditar nisso, tudo bem!

— Ora, vá procurar o que fazer — esbravejou Jorge, batendo o telefone com força no gancho.

Procurou não dar importância ao fato. A acusação feita por Sonia (se é que esse era seu verdadeiro nome) deixou-o, porém, intrigado. A sementinha da dúvida fora plantada em sua mente. A germinação era só uma questão de tempo.

Naquela tarde, ao retornar para casa, Jorge não hesitou em questionar a esposa sobre onde ela passava as tardes após as aulas de ginástica. Estefânia estranhou a pergunta. Sabia que o marido não a questionaria se não houvesse algo de errado. Ele estava desconfiado, afirmou a si mesma. Mas agiu de forma natural (*dissimulada* talvez fosse a palavra mais apropriada). Manteve a serenidade e explicou que na maioria das vezes permanecia em casa. O shopping e o salão de beleza também foram citados como os lugares onde possivelmente ela seria encontrada após as aulas na academia. Jorge limitou-se a ouvir as explicações sem se manifestar. Mantinha os olhos fixos no rosto da esposa, observando seus movimentos faciais, em busca de algo que a denunciasse. Astuto, queria se certificar dos fatos antes de tomar qualquer atitude. Recusava-se a acreditar que a mulher a quem dedicara boa parte de sua vida seria capaz de um golpe baixo como a traição. Não, ele não era o tipo de homem que iria tolerar isso. Decidiu que, se a história contada pela mulher do telefonema fosse verdadeira, Estefânia não viveria o suficiente para celebrar seu novo amor.

Temeroso com a possibilidade de estar sendo feito de tolo, Jorge passou a telefonar para Estefânia todas as tardes. Percebendo a desconfiança do marido, ela sugeriu ao amante que passassem algum tempo sem se encontrar fora da academia. O risco era grande e ignorar tal fato lhe parecia loucura. A princípio David relutou, mas logo compreendeu que prudência nunca é demais.

Nas semanas seguintes, Jorge manteve-se em estado de alerta. Eram frequentes suas súbitas voltas para casa durante o horário de expediente, sob a desculpa de ter esquecido alguns documentos. Estefânia, por sua vez, seguia religiosamente o plano de não mais encontrar David até que o marido eliminasse da mente qualquer suspeita sobre esse assunto. Era preciso que Jorge se convencesse de que fora vítima de uma brincadeira de mau gosto. Quarenta dias depois, não lhe restava mais nenhuma dúvida quanto a isso. Decidiu pôr uma pedra sobre o assunto.

Convencido de que já não havia mais suspeita por parte de Jorge, o casal voltou a se encontrar às escondidas. Pelo menos uma vez por semana, o motel habitual recebia a visita dos amantes.

Embora Jorge não tivesse se certificado da traição de Estefânia, passou a ameaçá-la, afirmando que, se algum dia ela o traísse, ele a mataria sem piedade. Estefânia conhecia bem o temperamento do marido e sabia que ele não estava brincando. O homem era bem capaz de cumprir o que prometia. Entretanto, ela não estava disposta a novamente ceder à pressão do marido, que agora *sugeria* que ela abandonasse a academia de ginástica.

As coisas começaram a ficar complicadas para o casal. Jorge passou a chegar cada vez mais tarde em casa; não por estar trabalhando em horário extra, mas porque, após o trabalho, saía para beber com os amigos. Às vezes chegava completamente bêbado, e a discussão com Estefânia se arrastava até altas horas da madrugada. As ameaças de agressão física também se tornaram constantes. Certa noite, lembrando-se da primeira vez em que foi agredida pelo marido, Estefânia o alertou: "Se encostar um só dedo em mim, você será denunciado à polícia. Além do mais, eu o abandonarei para sempre". A resposta de Jorge foi imediata: "Se ousar me deixar, você morre!".

Quando estava com o amante, Estefânia lamentava-se, falava das ameaças do marido e dizia não saber por quanto tempo mais suportaria aquela situação. David dizia que a amava e chegou mesmo a sugerir que os três — ele, Estefânia e o filho dela — fugissem, mudassem de cidade, de estado, ou até mesmo de país. Mas Estefânia sabia que o marido a encontraria onde quer que ela fosse. O problema parecia sem solução. Apesar das juras de amor feitas por David e Estefânia, o sonho de ficarem juntos parecia cada vez mais distante. Estefânia deixou-se, por um minuto, acreditar que talvez houvesse a possibilidade de convencer o marido a fazer uma separação amigável. Mas logo tal empolgação se dissipou no ar. No fundo, ela sabia que essa possibilidade era deveras remota. Enquanto não se decidiam sobre qual atitude tomar, os amantes seguiam com seus encontros furtivos.

Coincidência ou não, numa tarde de sexta-feira, Jorge realmente esqueceu alguns documentos em casa. Em vez de telefonar e pedir que a esposa os levasse até o escritório, ele decidiu ir buscá-los pessoalmente. Estefânia não seria encontrada em casa. Saíra para se encontrar com David.

Ao perceber a ausência da esposa, Jorge supôs que esta talvez estivesse no shopping, um dos lugares citados por ela anteriormente. Já de posse dos documentos, o homem seguiu em direção ao tal shopping. Passou quinze minutos à procura de Estefânia, mas não havia nem sinal dela. A irritação parecia inevitável e, já a ponto de perder a paciência, lembrou-se da academia. Decidiu ir até lá.

Olhos curiosos fitaram Jorge na recepção da academia a partir do momento em que este se identificou como o marido de Estefânia. Após conversar com o gerente, um sujeito grandalhão aparentando uns quarenta anos, já meio fora de forma e usando um ridículo rabo-de-cavalo nos poucos fios que ainda lhe restavam, Jorge foi informado de que sua esposa já havia terminado a aula e deixado o local. Não soube, porém, informar para onde.

Lançando um olhar em volta, Jorge suspirou e meneou a cabeça de forma negativa enquanto comprimia o lábio inferior. Sua fisionomia estampava qualquer coisa de colérico. Voltou a encarar o sujeito à sua frente, agradeceu pela informação e arrastou-se em direção à única porta que servia tanto de entrada como de saída. Então ouviu uma voz feminina às suas costas.

— Moço!

Ao se virar, Jorge notou que uma mulher se aproximava.

— Está à procura de Estefânia? — inquiriu ela e, antes mesmo de Jorge responder, prosseguiu: — Perdoe a minha intromissão, meu nome é Elis.

Jorge apertou a mão da garota, sem muita empolgação.

— Está à procura de Estefânia? — perguntou Elis novamente.

— Sim — replicou Jorge de forma breve, pois a essa altura seu humor já não era dos melhores.

— Ela saiu há alguns minutos... — propositalmente a moça reduziu o tom da voz, no intuito de perceber alguma reação de Jorge — acompanhada do professor David.

Jorge arqueou uma sobrancelha.

— Tudo bem, moço? — perguntou Elis, estampando um risinho de satisfação.

Foi completamente ignorada. Jorge abandonou o local sem dizer uma única palavra.

Elis era apaixonada por David. Conhecera o rapaz ainda na época em que ela ainda cursava o Ensino Médio em um dos colégios da cidade. David fora seu professor de Educação Física. A moça sempre tivera um secreto sentimento por ele. Alimentara a esperança de ser notada pelo instrutor e, por isso, matriculara-se na academia logo após a admissão do rapaz. Quando percebeu que David estava caindo nas graças de Estefânia, a admiradora secreta quase teve um surto psicótico. Chegou a pensar em dar um fim à mulher. Matá-la. Tirá-la do caminho. Mas não tinha coragem nem inteligência para isso. Por mais que desejasse, jamais conseguiria fazê-lo. Por isso, ao ver Jorge perguntando pela esposa, não perdeu a oportunidade. Viu ali a chance perfeita para se livrar da rival, pois sabia que o marido de Estefânia ficaria com dúvidas ao perceber que sua esposa havia deixado o local com David e provavelmente investigaria tal *coincidência*. Ela estava certa.

Ao retornar ao escritório, naquela tarde, Jorge não trocou uma única palavra com os funcionários. Trancou-se em sua sala e lá permaneceu o resto do dia. À noite, já em casa, agiu com a mais absoluta naturalidade, pois planejava surpreender a esposa com o amante na próxima semana. Não queria deixar dúvidas ou margens a alguma explicação esdrúxula por parte da esposa. Tudo seria muito bem planejado.

O fim de semana transcorreu normalmente. Jorge cumpriu a sua rotina habitual para não levantar nenhuma suspeita da *surpresa* que planejara para a esposa.

Aquela tarde de segunda-feira chegara dando a impressão de que seria mais uma entre tantas. Após a aula na academia, o casal deixou o local, como fazia habitualmente, em momentos diferentes para evitar a suspeita das pessoas que ali estavam. Já do lado de fora, cada um entrou no seu respectivo veículo. Estefânia arrancou com o seu carro pelas ruas da cidade, ao passo que David também saía com o seu veículo, fazendo aparentemente o mesmo trajeto. Nenhum dos dois percebeu o carro preto com vidros escuros estacionado do outro lado da rua. Dentro dele, olhos sinistros os observavam.

O veículo sombrio enveredou pelas estreitas ruas da cidade numa silenciosa perseguição aos carros de David e Estefânia. Seguia-os a uma distância segura. O homem ao volante não queria correr o risco de ser notado.

Após dirigir por vários quarteirões, Estefânia reduziu a marcha e estacionou o veículo em frente a uma igreja evangélica. Alguns segundos depois, David estacionava o seu sedan alguns metros à frente. O homem, dentro do veículo preto, se limitou a observar a cena.

Dezoito segundos se passaram até que David decidisse caminhar em direção ao carro de Estefânia. O sol, que ao entardecer começava a lançar fachos oblíquos e dourados em todas as direções, não impediu que o sujeito dentro do carro misterioso percebesse a expressão de satisfação no rosto de David, que, ao alcançar o veículo da mulher, adentrou-o, ao passo que este arrancava em alta velocidade deixando marcas de pneus no asfalto. O veículo escuro também arrancou, dando sequência à sua discreta perseguição. Onze minutos depois, o carro de Estefânia estava diante de um grande portão eletrônico, cuja passagem conduzia à portaria do motel *In Love*.

Nesse momento, a figura masculina dentro do carro escuro acionou o botão do vidro elétrico do lado do motorista. Enquanto o vidro baixava, revelava-se um rosto pálido e decepcionado. Um fio de lágrima percorreu a face de Jorge. Seu mundo começava a desabar e, no lugar da expressão inicial de decepção, surgia agora um rosto sombrio e severo. Um sentimento assustador apossava-se de toda a sua essência, levando-o a transpirar cólera por todos os poros. Um incontrolável desejo de vingança emergiu das suas entranhas com tamanha avidez, que ele nem percebeu que comprimia o lábio inferior com tanta força, que este começou a sangrar. Em seguida, mergulhou num mundo de questionamentos sem respostas. Não conseguia entender o comportamento vil da esposa. Acreditava mesmo que não merecia tal humilhação, pois, de acordo com o seu ponto de vista, a mulher tinha tudo o que alguém poderia desejar. Vivia numa bela casa localizada na área mais nobre da cidade; ostentava uma confortável situação financeira; tinha um marido fiel; um filho lindo, cuja educação provinha do melhor colégio da cidade. "O que mais alguém poderia querer?", perguntava-se alucinado. Desabou e, por alguns instantes, desejou nunca ter nascido. Em seguida desejou que Estefânia não tivesse nascido. "Mas, quanto a isso, pode-se dar um jeito", rosnou, enquanto contemplava seu próprio reflexo no retrovisor interno do veículo. Tinha os olhos injetados de sangue e a alma mergulhada nas trevas. Acionou a partida do veículo e desapareceu dali.

¤¤╪¤¤

—Nossa! Esse está com a macaca hoje! — resmungou com os seus botões Aline, a recepcionista, após ser informada pelo patrão de que este não queria ser incomodado e não atenderia ninguém.

Trancado em sua sala, Jorge tentava exorcizar seus demônios e buscar uma resposta para o que acabara de presenciar. Debulhou-se em lágrimas e, por um segundo, pensou haver mais alguém naquela sala. Deslizou o olhar por todo o ambiente e constatou que continuava só, mas tinha certeza de que ouvira alguém dizer algo. Pôs-se a odiar ardentemente aquela por quem outrora fora apaixonado. *Mate-a!*, dizia uma voz cuja origem Jorge não conseguia identificar, pois continuava sozinho na sala. *Você tem de matá-la*, dizia outra voz que parecia ecoar no ambiente. Em poucos minutos, dezenas de vozes sussurravam ao seu ouvido: *Mate-a!... Acabe com ela!... Ela não merece viver!... Ela tem que morrer.* Jorge ergueu os olhos em direção ao teto da sala e sorriu de forma sinistra.

Ao final daquele expediente, Jorge não se atrasou. Rumou direto para a sua residência, levando um buraco no coração e uma maquiavélica ideia na cabeça. Em casa, deparou-se com uma Estefânia dissimulada, cujo olhar se enterrava num livro. Na capa, podia-se, ler em letras caprichosamente carmim, a inscrição *Madame Bovary*. Jorge sorriu. Aderindo ao perigoso jogo da mulher, fingiu que nada havia acontecido.

No decorrer da semana seguinte, Jorge dedicou parte do seu tempo a arquitetar meticulosamente seu plano de vingança. Na sexta-feira, comunicou à esposa que passariam o fim de semana no sítio da família, uma área de lazer mantida por um caseiro onde, havia alguns anos, Jorge costumava reunir a família e os amigos para tardes de churrasco e muita diversão.

Mesmo estranhando o comportamento incomum de Jorge durante a semana, Estefânia encarou o convite com otimismo. Talvez, pensou ela, essa fosse uma boa oportunidade de a família passar um fim de semana diferente, fugindo da rotina que se tornara uma espécie veneno ao seu relacionamento.

Raios lânguidos de um sol tímido projetavam-se sobre a cidade ainda indolente, anunciando o início de uma bela manhã de sábado. Entusiasmada, Estefânia cuidava dos preparativos para a viagem, que nem era tão longa, pois o sítio fica a apenas cinco quilômetros de Campo Mourão.

Enquanto abarrotava malas e mochilas com roupas e alguns pertences pessoais, Estefânia percebeu que o marido a observava em silêncio. Mantinha um olhar frio e melancólico.

O relógio marcava 09h45, quando o casal e o filho partiram em direção ao sítio *Nossa Senhora Aparecida*. Tal nome teria sido dado à propriedade numa homenagem à mãe de Estefânia. Deborah confessara ser uma fervorosa devota da santa tida como a padroeira do Brasil.

Às 10h06, o carro de Jorge cruzou a entrada da propriedade, onde se podia ver a inscrição *Bem-vindo ao sítio Nossa Senhora Aparecida* entalhada numa enorme placa de madeira cujas extremidades se mantinham presas por grossas correntes a uma espécie de estaca também de madeira.

Tudo estava devidamente em ordem, pois, ainda na sexta-feira, Estefânia telefonara para o caseiro, que morava a cento e cinquenta metros da casa principal, pedindo-lhe que deixasse tudo organizado para a chegada da família.

Após o almoço, preparado com especial dedicação por Sandra, a esposa do caseiro, Jorge lançou um olhar felino à esposa e afirmou ter preparado uma surpresa especial para ela. Estefânia devolveu-lhe um sorriso amarelo. Pressentia que algo estava errado.

Às 14h37, Jorge pegou o celular e discou um número.

— Pois não, doutor! — disse a voz do outro lado da linha.

— Senhor Afonso, preste atenção no que eu vou lhe dizer... — Jorge pigarreou. — Eu e minha família passaremos esta noite aqui no sítio e não queremos ser incomodados por ninguém, entendeu?

— Entendido, doutor — replicou o homem, arrastando um sotaque nordestino.

— Vou repetir, não queremos ser incomodados por ninguém, em hipótese alguma. E isso inclui o senhor. Fui claro?

— Fique tranquilo, doutor! — respondeu Afonso, num tom que parecia cantar cada palavra.

Após o fim da ligação, Jorge desligou o aparelho celular e o enfiou na gaveta de uma espécie de mesinha de madeira, que parecia grudada a um dos cantos da sala.

Afonso era um homenzinho de aspecto insignificante, que, quando sorria, mostrava a gengiva. Fora contratado por Jorge havia anos, quando uma malsucedida vinda da Paraíba, sua terra natal, para tentar a vida em São Paulo, o obrigou a abandonar o plano inicial, mudando-se para o Paraná com toda a família. Sua personalidade forte e decidida contribuiu para que Jorge o contratasse como caseiro. Afonso ainda era um dos poucos sujeitos cujos valores sugeriam que uma palavra vale mais do que mil assinaturas. O homem vivia na casa secundária do sítio com a esposa e três filhos. Além dos dois salários mínimos que recebia para cuidar da propriedade, também tinha liberdade para cultivar e comercializar frutas e hortaliças.

Doze minutos passavam das quatro da tarde, quando Jorge decidiu que já era hora de pôr seu plano em prática. Convidou a esposa para fazer um passeio nos arredores do sítio, onde um enorme bosque ocupava vários hectares da propriedade.

Enquanto caminhavam por umas das várias trilhas existentes no local, Jorge observava a esposa, que brincava com o filho poucos metros à frente. Não entendia por que a esposa, aparentemente tão dedicada, o traía de forma tão dissimulada. Novamente as vozes povoavam sua cabeça, sugerindo uma severa punição a Estefânia. *Ela tem que morrer!*, diziam as vozes. Jorge deteve-se por um minuto e, com um tom lúgubre, ordenou que Estefânia se aproximasse. Esta disse ao filho que não se afastasse muito e virou-se para o marido, que mantinha sobre ela um olhar austero. Aproximou-se.

— Por que você tinha que fazer isso comigo? —inquiriu Jorge, lançando-lhe um olhar severo, mas ainda com qualquer coisa de benevolente.

— Isso o quê?

— Por favor, não se faça de *santa*.

— Eu não tenho ideia do que você está falando — insistiu Estefânia, meneando a cabeça enquanto gesticulava com as mãos.

Os olhos de Jorge adotaram uma nova tonalidade. Faiscavam. Ele repetiu a pergunta, mais enérgico:

— Por que diabos você fez isso comigo?

Estefânia presumiu que o marido já soubesse de tudo. Ainda assim, numa atitude desesperada, tentou uma última manobra.

— Por favor, acalme-se. O que há de errado?

Jorge se aproximou lentamente do rosto da esposa e a fitou dentro dos olhos.

— Você achou mesmo que podia me enganar? — Jorge falava pausadamente, e seu timbre de voz transformara-se em algo demoníaco. — Achou mesmo que podia me trair com aquele imbecil?

Estefânia não tinha mais dúvida de que o marido descobrira seu romance com David. Sentia-se atônita e completamente paralisada diante daquele homem enfurecido. Sabendo que algo ruim lhe aconteceria, Estefânia gritou para o filho, ordenando-lhe que corresse. Assustado e sem entender nada, o pequeno João Victor não deu um único passo. Seus olhos grandes e assustados permaneceram apenas observando a cena.

Possuído por uma ira monumental, Jorge enfiou a mão na cintura, por baixo do casaco, e de lá retirou um pequeno punhal. Não hesitou. Cravou-o lentamente no ventre da esposa, que, sentindo a lâmina cortando-lhe as entranhas, não conseguia falar, apenas sangrava e fitava a expressão de ódio no rosto do marido. Estefânia sentiu que sua vida se esvaía aos poucos e, apesar da dor, percebeu um estranho brilho nos olhos de Jorge, o que evidenciava um sórdido prazer no que estava fazendo. O homem puxou o punhal e o cravou novamente. Dessa vez, mais fundo. Estefânia estremecia em seus braços. Agonizava. Estava morrendo. Jorge sussurrou ao seu ouvido: *Agora você não vai mais me trair.* Novamente o punhal foi cravado e, dessa vez, direto no coração da mulher.

Jorge permaneceu segurando o corpo inerte da esposa próximo ao seu. Numa atitude mórbida, ele a pegou no colo e começou a caminhar em direção às árvores do bosque que os circundava. Antes, porém, lançou um olhar intimidador ao garotinho assustado e ainda incrédulo sobre o que acabara de presenciar.

— Não saia daqui — disse Jorge enquanto caminhava carregando o corpo de Estefânia em direção aos arbustos. — Eu volto já.

Quando o pai lhe deu as costas, o pequeno João Victor pôs-se a correr desesperadamente. Adentrou os arbustos do outro lado, mergulhando bosque adentro num ritmo frenético. Enquanto corria, tentava gritar por socorro, mas logo percebeu que a voz não lhe correspondia. Acelerou ainda mais o passo. Lembrava-se do rosto do pai, enquanto passava por galhos que lhe feriam os braços, deixando grandes vergões avermelhados, onde já surgiam algumas gotas de sangue. Corria sem parar e sem olhar para trás. Vinha-lhe à mente a imagem do rosto da mãe pedindo-lhe que corresse o máximo que pudesse. Continuava correndo, quando sentiu um forte solavanco. Tudo se apagou.

Ao recobrar a consciência, deparou-se com um céu enegrecido e rude, onde as estrelas, por alguma razão, pareciam se recusar a compor o firmamento. As grandes copas das árvores formavam uma espécie de cúpula de sombras, onde se tinha a impressão de estar sob as asas de um gigantesco anjo negro, cujos olhos, diabolicamente atentos, jamais lhe permitiriam escapar dali. O garoto tentou se mover e logo compreendeu que, na fuga, tropeçara num galho largado em algum trecho da trilha, batendo a cabeça contra uma pedra logo adiante. João Victor manteve-se desacordado por horas e, por isso, perdeu completamente a noção do tempo. Não sabia onde estava, nem como tinha ido parar lá. Não fazia ideia de que horas eram. Sentia fortes dores na cabeça e percebeu que, além de vários hematomas pelo corpo, também havia fraturado a perna esquerda. Estava perdido, com frio, apavorado e sem a menor condição de sair dali. Por um instante, teve uma vaga lembrança do acontecera. Veio-lhe à mente a imagem do pai carregando o corpo ensanguentado da mãe. Desabou num choro sôfrego, emitindo um gemido angustiante que ecoou nas trevas.

¤¤†¤¤

Jorge apressou-se em deixar o local. Após passar, sem êxito, quase três horas à procura do filho, decidiu que voltaria para a cidade. Arrumou rapidamente as malas e as atirou no porta-malas do carro. Lançou olhares atentos por todos os cômodos da casa à procura de algo que o ajudasse a se livrar da arma do crime, quando finalmente teve uma ideia. Percebeu que uma das tábuas que compunham o assoalho de um dos quartos apresentava um quase imperceptível ressalto. Com o auxílio de uma chave de fenda, removeu cuidadosamente a tábua. Embrulhou o punhal salpicado de sangue coagulado num jornal velho e o depositou na pequena fresta que se revelava à sua frente. Em seguida, pôs a tábua de volta, dando pequenas batidas com o cabo da chave para que o encaixe da madeira ficasse uniforme.

Com um aspecto sombrio, o homem precipitou-se para fora da casa. Mas não sem antes deixar algumas luzes acesas e um televisor ligado, para dar a impressão de que havia alguém na casa. Feito isso, entrou no carro, deu a partida e acelerou rumo à cidade.

O caseiro chegou a ver o carro de Jorge deixando o sítio, mas não desconfiou de nada. Supôs que o patrão estivesse indo à cidade, possivelmente para buscar algo para o jantar. Afonso chegou a comentar com a esposa que talvez fosse bom ir até a casa para saber se Estefânia e o filho não estavam precisando de algo. Mas acabou desistindo, depois que a esposa o lembrou de que Jorge havia pedido para não ser incomodado.

De volta a Campo Mourão, Jorge manteve-se agindo normalmente. Foi ao quarto do casal e, durante algum tempo, pôs-se a contemplar aquele ambiente singular: os quadros, os móveis, a enorme cama de casal e as roupas de Estefânia. Enquanto observava, relembrava os muitos momentos vividos ao lado da mulher. As vozes, que antes o incentivavam à vingança, agora riam, zombavam dele. Festejavam o acontecido.

Num breve estalo de sanidade, Jorge começou a perceber que havia sido induzido a fazer algo de que provavelmente se arrependeria para o resto da vida. Já não tinha tanta certeza de que a vingança era tão doce quanto pensara antes do assassinato de Estefânia. Agora estava diante de uma situação irreversível. A esposa estava morta; o filho, perdido e talvez ferido em algum ponto do bosque. Desorientado, começou a beber. Uma dose, depois outra, mais uma, e em pouco tempo já estava sob o efeito dominador do álcool. As vozes pareciam mais claras, agora.

Diziam que ele havia feito a coisa certa e que deveria sair para jantar e comemorar. Aos poucos, Jorge foi cedendo às incessantes vozes em sua cabeça. Decidiu, então, que iria a um restaurante onde, alguns anos antes, estivera uma única vez com Estefânia.

13
REDENÇÃO

Ouviu-se apenas um breve e seco estampido. O corpo já desfalecido pendeu para um dos lados do banco do veículo. Grandes manchas de sangue se espalharam por todo o estofamento e no que restara dos vidros do carro. Não havia mais nada que pudesse ser feito. O corpo jazia desfigurado, pálido, inerte.

Ao disparar contra a própria cabeça, Jorge eliminara qualquer possibilidade que eu tinha de ajudá-lo. Após o projétil atravessar-lhe a cabeça e o vidro do veículo, seu espírito permaneceu ainda por algum tempo ali junto ao próprio corpo. Tinha-se a impressão de que matéria e espírito continuavam ligados.

Um intolerável sentimento de culpa apossou-se da minha alma, levando-me a considerar a dura possibilidade de eu ter falhado. Não conseguira evitar a morte daquele sujeito. As vozes que o atormentaram durante todo o tempo se calaram e, antes que chegassem os primeiros curiosos, houve um silêncio devastador. Isso não me pareceu um bom sinal, pois quando os anjos não se pronunciam, é porque a *Luz* não chegará àquele espírito. Uma nova sensação de derrota passou a devorar o meu coração. Eu havia sido enviado ali para evitar que aquele homem cometesse o suicídio; mas fracassei. Por alguma razão, não me foi permitido ajudá-lo. Tudo o que eu queria naquele momento era entender por que me foi negada a possibilidade de ajudá-lo. A resposta viria a seguir.

Com a percepção da morte, cerca de quinze segundos após o tiro fatal, o espírito de Jorge cravou-me um olhar fúnebre. Percebi um fio de arrependimento vagando naquele poço sombrio. Não era o arrependimento de ter cometido o suicídio, e sim pelo crime anterior, delito que até aquele momento ainda era desconhecido por todos. Foi aí que eu percebi qual era a minha verdadeira missão naquele momento.

Envolvido pelas trevas, o espírito de Jorge assumiu um aspecto obscuro e indefinido. Estava prestes a partir. Lançou-me um olhar permitindo a minha aproximação. Posicionei-me ao seu lado e ele sussurrou ao meu ouvido:

— Elas venceram... As vozes venceram, mas não totalmente. Ele está vivo e precisando de ajuda.

Referia-se ao seu filho.

— Por favor, encontre-o e ajude-o — implorou.

Não pude evitar o seu suicídio, mas prometi a Jorge (seu espírito) que seu filho ficaria bem. Encontraríamos o garoto e não deixaríamos que nada de mal lhe acontecesse.

No momento em que era sugado pela mais profunda escuridão, o espírito perturbado de Jorge estendeu-me a mão. Segurei-a. E vi passando diante dos meus olhos os locais exatos onde estavam seu filho e o corpo daquela que ele dizia ter sido a razão da sua vida.

No dia seguinte, guiados por mim — embora não tivessem essa consciência —, os policiais encontraram o local onde estava o corpo de Estefânia e em seguida também localizaram o garoto João Vitor. A criança estava assustada, debilitada, mas viva.

Senti-me, até certo ponto, realizado, pois a minha missão ali estava cumprida. Compreendi que eu havia sido enviado para salvar a vida do garoto e não a de Jorge.

Tenho consciência de que não devo questionar as missões a mim confiadas, mas a pergunta é inevitável: por que não me proporcionaram a oportunidade de salvar também a mãe e o pai do garoto? Por que não me permitiram evitar o suicídio de Jorge? Estefânia merecia morrer? Sei que talvez obtenha essas respostas algum dia, mas, por enquanto, não tenho alternativa, exceto aceitar os mistérios da vida e da morte.

14

ANTES DO ACIDENTE
O ENCONTRO

— Qual é o problema, Vinícius? Está me achando bonita? — inquiriu minha mãe com a mesma doçura que lhe era peculiar em todas as vezes que falava comigo ou com meu pai. Havia, naquele dia ainda mais evidente, uma expressão de ternura em seu olhar. Algo que me envolvia e dava a certeza de que eu estava seguro e que nenhum mal me atingiria, pois ela sempre estaria ali para me proteger, assim como a mãe águia está sempre alerta para proteger o seu filhote. Sorri, antes de responder:

— Nada. Apenas fiquei com vontade de admirá-la.

— Bobinho! Assim você me deixa sem graça.

Ofereci-lhe um novo sorriso, contemplando-a. Percebi que o sangue lhe tomara a face, deixando-a levemente enrubescida. Tímida em toda a sua essência, dona Regina sentia-se pouco à vontade com elogios ou coisas do gênero.

¤¤✝¤¤

Naquela tarde, invadiu-me o coração uma ansiedade despropositada enquanto observava mamãe lendo trechos da Bíblia Sagrada. Cultivara esse hábito desde que eu me entendia por gente. Costumava acomodar-se numa dessas típicas cadeiras de varanda com estrutura de metal enrolada com uma espécie de fio de nylon, onde permanecia por horas, lendo e meditando.

Ao entardecer, a cidade mergulhava num crepúsculo desconcertante. Uma imensidão de fachos dourados que se fundiam até desaparecerem por completo num *dégradé* incrivelmente lindo. Submersa em sua leitura sacra, mamãe levou alguns minutos até notar a minha presença. Recostei-me num dos pilares de madeira e pus-me a contemplá-la.

É engraçado como nunca nos damos conta de que as coisas simples, do quotidiano, podem ter rara beleza e um sentido incrivelmente especial quando observadas de um novo ângulo, de uma nova perspectiva. Eu já havia presenciado aquela cena algumas centenas de vezes, mas naquela tarde havia nela algo especialmente diferente. Enquanto a observava, sentia-me absorvido por um estranho sentimento, algo que se revezava entre a angústia e apreensão. Naquele instante, vieram-me à mente cenas de vários momentos da minha vida.

Lembrei-me do meu primeiro dia na escola e do desespero quando mamãe sussurrou ao meu ouvido, com a sua voz calma e encantadora, que eu teria de ficar sozinho, pois já era hora de começar a aprender a ler e a escrever. Sozinho, era sem dúvida força de expressão, pois havia mais crianças naquela escola do que eu jamais vira em toda a minha vida. E era justamente isso que me assustava. Creio que aquele foi o meu primeiro grande momento de medo e insegurança na vida. Lembrei-me que, naquele dia, não foi só na minha face que as lágrimas rolaram. Enquanto eu suplicava para não ser deixado lá sozinho, notei que mamãe também tinha os olhos marejados.

Numa avalanche de pensamentos e recordações, veio-me também à mente o dia da minha Primeira Comunhão, quando meus pais fizeram questão de chegar à cerimônia com quase duas horas de antecedência, sentando-se na primeira fileira de bancos. Orgulhosos, não desgrudavam os olhos de mim nem por um instante.

Lembrei-me também do dia em que, pela primeira vez, vi minha mãe chorar. Foi quando meu pai perdeu o emprego de vendedor de produtos agrícolas. Era época da Páscoa e não tínhamos quase nenhum mantimento em casa. Tudo era racionado. Papai já estava desempregado havia seis meses, e por isso os alimentos estavam cada vez mais escassos. A pouca idade não me permitia entender muito bem a situação, mas a expressão de sofrimento no rosto de papai dispensava as palavras.

De volta à realidade, percebi que boa parte da minha vida passara à minha frente, como num filme, enquanto eu buscava entender as razões que nos levam a amar de maneira incondicional algumas pessoas. Assaltou-me um desejo quase infantil de dizer aos meus pais o quanto eu os amava, embora eu já suspeitasse que, no fundo, tanto dona Regina, quanto o senhor Eufrásio, não tivessem dúvida de tal sentimento.

Talvez pelo fato de ser filho único, o universo (pelo menos o dos meus pais) conspirava a meu favor. Eles não mediam esforços para me agradar, e esse sentimento sempre fora recíproco. Sustentavam que o amor constitui a base de tudo nesta vida e que qualquer outra coisa, por maior ou mais importante que possa parecer, é mero detalhe.

Mas nem sempre fui filho único. Houve um tempo, ainda que curto, em que eu tive o privilégio de ter um irmão. Três anos após eu dar o *ar da graça* neste mundo, mamãe dera à luz um menino, a quem batizara com o nome de André Luis. A criança nascera perfeitamente saudável. Entretanto, algo inimaginável, principalmente para os pais, aconteceria. Dois meses e oito dias após seu nascimento, o bebê faleceu misteriosamente.

O inverno lançava seus poderosos tentáculos gélidos por todo o sul do país, fazendo a temperatura baixar tanto, que se tornara impossível pronunciar uma única palavra sem que traços de vapor fossem desenhados no ar. E foi justamente em mais uma dessas noites frias que, após ter sido cuidadosamente agasalhado, o pequeno André adormecera no berço posicionado estrategicamente no quarto do casal. O frio extremo preocupara os pais, que optaram por manter o rebento no mesmo ambiente, caso necessitasse de mais cobertores. No dia seguinte, o bebê amanheceu sem vida.

Na ocasião, algumas pessoas chegaram a suspeitar que a criança morrera de frio. Tal hipótese, embora absurda, deixou os meus pais ainda mais arrasados, pois tinham plena convicção de que o filho estava devidamente agasalhado. Mais tarde, uma autópsia revelaria outra possibilidade não menos perturbadora. Havia indícios de que o bebê pudesse ter morrido vítima da SMI (Síndrome da Morte Súbita Infantil). Trata-se da morte abrupta e inexplicável de bebês. Em muitos casos, a causa da morte permanece sem explicação mesmo após investigação e autópsia completas.

Também conhecida como "morte do berço", uma vez que ocorre enquanto o bebê está dormindo ou cochilando à noite, a Síndrome da Morte Súbita Infantil é considerada uma das maiores causas de morte entre os bebês. Estudos indicam que a morte acontece com maior frequência nos primeiros quatro meses de vida do bebê, em geral no outono, inverno e início da primavera.

A morte de André Luis tivera o efeito de bomba atômica na vida dos meus pais. Um efeito devastador, capaz de engolir boa parte dos sonhos e da esperança que um dia ousaram acalentar. A ideia de um mundo quase perfeito, onde se pudesse constituir uma família feliz, agora ganhava contornos não tão poéticos. O fato é que os meus pais nunca conseguiram recuperar-se totalmente do golpe. Havia um estranho sentimento de culpa que os corroera durante todos esses anos. Sabiam que as marcas por perder alguém que amamos nunca se apagam por completo. Mamãe evitava falar sobre o assunto. Era como se tivéssemos um pacto onde o nome *André Luis* jamais poderia ser pronunciado. Apenas uma única vez, quando decidi romper esse macabro silêncio, mamãe deu-me uma resposta enigmática:

— Filho, entenda que a vontade de Deus às vezes pode parecer dura e misteriosa, mas certamente tem um propósito único.

Mentalmente, fiz uma rápida busca sobre tudo o que aprendera ao longo da vida sobre religião e coisas ligadas à teologia, no intuito de decifrar qual seria esse propósito divino. Não me parecia razoável que a morte de uma criança de menos de um ano de idade pudesse ocorrer em nome de algum propósito maior. Eu começava a suspeitar que a minha fé tivesse dimensões bem menores do que eu imaginava.

¤¤⌗¤¤

Naquela manhã de sexta-feira, o sol surgira majestoso, lançando raios oblíquos que se estendiam sobre os telhados da cidade, multiplicando-se e formando um gigantesco lençol dourado, numa espécie de oferenda àquele que se dispusesse despertar um pouco mais cedo para apreciar tal espetáculo. Uma brisa fria soprava do leste, acariciando-me o rosto com a delicadeza de uma dama.

Ao acordar, sentei-me na lateral da cama e, no momento em que meus pés tocaram o chão, senti algo que me deixou embasbacado. Uma sensação aprazível, a qual me conduzia a uma paz indescritível. Uma vontade desmedida de viver e agradecer a Deus por tudo o que me concedera durante toda a minha vida. Por alguns segundos, eu, que nunca consegui entender a fé cega e sem questionamentos, senti Suas mãos sobre mim. Assaltou-me um estranho desejo de dizer aos meus pais o quanto eu os amava. Embora eu suspeitasse que já soubessem disso.

O dia seguiu o seu curso e, à medida que as horas avançavam, eu me sentia ainda mais desorientado. Explodia-me no coração uma sensação angustiante, seguida de perto por um aperto no peito, que me remetia a um pressentimento ruim. Uma atmosfera sombria espalhava suas asas sobre mim, induzindo-me a supor que algo extremamente desagradável estava prestes a acontecer.

Durante o almoço ninguém ousou dizer uma palavra. O silêncio reinou absoluto. Papai limitou-se às orações de praxe, enquanto mamãe exibia um olhar distante. Pareceu-me que qualquer coisa entre apreensão e um sinistro desconforto habitava seu ser.

Por alguns instantes, após a refeição, pus-me a contemplá-los, e logo compreendi o quanto éramos felizes e não nos dávamos conta disso.

— E então, que tal a comida? — perguntou mamãe, que nos brindava com o seu melhor sorriso.

— Estava ótimo, querida! — retorquiu papai, estampando um perceptível ar de satisfação.

— E quanto a você, Vinícius? — inquiriu ela erguendo os olhos na minha direção. — Esteve tão calado durante todo o almoço.

— Estava uma delícia!

— Não foi isso o que eu lhe perguntei, meu filho — contestou ela.

— O que houve, Vinícius? — perguntaram em uníssono.

— Estou bem, não se preocupem — disse eu. — Apenas quero que saibam que, independente de qualquer coisa, eu os amo mais do que qualquer coisa nesta vida.

Um clima de comoção pairava no ar, fazendo com que nossos olhares dispensassem as palavras, pois sabíamos que não haveria vocábulos suficientes para descrever o que sentíamos naquele momento. O silêncio foi rompido por um barulho que a princípio pareceu ecoar distante, mas que logo se revelou no estridente toque do telefone. Do outro lado da linha, uma voz jovem insistia num passeio de fim de semana.

— Vamos lá, vai ser legal — dizia Douglas, convidando-me para passar o fim de semana na casa de um tio dele que mora na pequena São Jorge do Sul, cidade a trinta e sete quilômetros de onde morávamos.

Num primeiro momento hesitei em aceitar o convite. Douglas, porém, costumava gabar-se de possuir um incrível poder de persuasão. Mostrava-se talentoso com as palavras. Revelava-se um verdadeiro *Don Juan* com as mulheres, fuzilando-as com uma lábia infame e quase irresistível. Convenceu-me.

Antes de desligar o telefone, Douglas sugeriu que também convidássemos Edy, o terceiro mosqueteiro da nossa imutável tríade de amizade. Iríamos os três para a cidadezinha, onde possivelmente conheceríamos novas pessoas, faríamos novas amizades. Talvez, com um pouco de sorte, conheceríamos garotas interessantes. Esta última parte em especial me agradou.

— Certo, te pego às 18h30 então — sentenciou a voz do outro lado ao encerrar a ligação.

Douglas era um rapagão de 21 anos cujo sobrenome alemão lhe conferia alguma pompa, a qual logo se desfazia pela simplicidade dos pais. O rapaz possuía uma estatura acima da média, com uma consistente massa muscular bem distribuída nos seus 186 cm de altura, o que frequentemente arrancava suspiros apaixonados de grande parte das criaturas do sexo oposto. Grandes olhos num tom azul profundo e uma vasta cabeleira dourada contribuíam para a harmonia daquele rosto arredondado e incrivelmente bem desenhado, onde brotava uma barbicha pendendo para o ridículo, numa débil tentativa de parecer mais velho do que realmente era, e assim, camuflar a *inocência adolescente* que persistia em permanecer atrás daquele sorriso sedutor.

O carro fora um presente dos pais no seu aniversário de 19 anos. Donos de uma joalheria na cidade, os pais de Douglas a princípio não simpatizavam com a ideia de ver o filho ao volante. Contudo, não havia como negar que aquele garotinho agarrado aos seus carrinhos de brinquedo (miniaturas quase perfeitas de diversos modelos esportivos) não existia mais. Dera lugar a uma pessoa adulta e responsável. Os pais cederam, e aquele aniversário, na opinião do próprio aniversariante, foi o dia mais feliz de sua vida. Agora o jovem começava a saborear o tão almejado e doce sabor da liberdade. Com as chaves do seu Chevrolet seminovo nas mãos, o rapaz sentia-se realizado como quem segura um troféu de valor incalculável.

Ainda com onze ou doze anos, o garoto ficava fascinado ao ver o pai dirigindo o carro da família, um velho Del Rey modelo 1980. O carro, embora antigo, conquistara o título de *quase membro* da família pelo pai do rapaz. O senhor Walter conservara a originalidade do veículo, mantendo as peças, os acessórios, a pintura, tudo original de fábrica. "Uma relíquia!", bradava o senhor Walter, adotando um tom de voz grave e impostado, hábito que adquirira quando, ainda na ativa, ocupava o honroso posto de capitão das Forças Armadas. O Del Rey foi um sedan[1] de luxo lançado pela Ford[2] no início dos anos 1980. Dez anos depois, deixou de ser fabricado, sendo substituído pelo Versailles[3]. O modelo é considerado até hoje um dos melhores já produzidos pela Ford[4]. O senhor Walter assinava em baixo.

Estudante de Engenharia Eletrônica, Douglas era um dos meus melhores amigos. Tínhamos total afinidade, pois crescemos juntos e estudamos no mesmo colégio durante vários anos. Eu o considerava como um irmão.

Já o brincalhão Edy revelara-se um humorista nato. Vivia fazendo piada de tudo. Havia os que diziam que passar cinco minutos ao seu lado sem dar uma gargalhada era algo absolutamente improvável.

Aproveitando-me do seu contagiante bom humor, eu o provocava dizendo que ele deveria ganhar uma versão brasileira daquele famoso seriado americano, cuja versão tupiniquim ganharia o título de "Todo Mundo Adora o Edy". Diante da minha provocação, ele sorria, deixando à mostra os grandes dentes brancos, meticulosamente perfilados.

No auge dos seus 18 anos, o rapaz exibia um penteado ao estilo *black power,* que lhe conferia irreverência e atitude. A pele morena, no que se poderia chamar de um bronzeado natural, cobria-lhe um corpo onde começavam a surgir músculos levemente definidos. Os vários meses de academia começavam a fazer efeito. Filho de nordestinos, o jovem, ao falar, deixava transparecer um leve sotaque, mesmo sem nunca ter visitado o estado de origem dos pais. Os olhos esverdeados completavam seu arsenal letal na arte de conquistar a todos que o cercavam.

1.　　http://pt.wikipedia.org/wiki/Sedan_(autom%C3%B3vel)

2.　　http://pt.wikipedia.org/wiki/Ford

3.　　http://pt.wikipedia.org/wiki/Ford_Versailles

4.　　http://pt.wikipedia.org/wiki/Ford

¤¤╪¤¤

À medida que as horas avançavam, eu procurava ignorar aquela sensação de desconforto que continuava a me atormentar. Mas a ideia era passarmos um fim de semana com muita alegria e diversão. Planejávamos passar o sábado e o domingo na casa de Gilberto, um tio de Douglas. Divorciado, o homem morava com os filhos, Lucas e Diego, em um sítio de quinze hectares nos arredores de São Jorge do Sul.

Além dos dois rapazes, Gilberto tinha uma filha. Daniele. Com o divórcio dos pais dois anos antes, a moça optara por morar com a mãe Isadora em Divinópolis, cidade a 250 quilômetros de São Jorge. De acordo com estatísticas oficiais, Divinópolis conta pouco mais de trezentos e setenta mil habitantes, sendo a única da região a oferecer o curso de Jornalismo através de uma Universidade Pública. Essa teria sido a principal razão pela qual a moça optou em ir morar com a mãe, já que sonhava tornar-se Jornalista.

Lucas e Diego optaram por continuar morando com o pai em São Jorge, pois se identificavam com a vida simples do campo. Os rapazes não se mostravam muito entusiasmados com alguma formação acadêmica. *Nóis é bicho do mato e temo orgulho disso... Nóis gosta é de cuidá do gado e fazê esse sítio prosperá*, diziam, num português que poderia ser sofrível, se desconsiderássemos o fato de o regionalismo ser algo latente em vários estados brasileiros. Embora preferissem a vida no campo, os rapazes mantinham contato com o primo Douglas e frequentemente o convidavam para passar fins de semana na propriedade agrícola.

Passava das seis da tarde quando Douglas estacionou seu veículo em frente ao portão da minha casa. Edy, sentado no banco do carona, inclinou-se em direção ao volante do veículo e, por duas vezes, pressionou ligeiramente a buzina.

— E então, está pronto para o melhor fim de semana da sua vida? — perguntou Douglas estampando um sorriso infantil.

— Claro! É só um minuto até eu pegar a minha mochila — respondi.

— Certo!... Mas vê se não demora, pois parece que vem chuva por aí — alertou Edy, sinalizando para algumas nuvens escuras que começavam a surgir distante.

Lancei-me quarto adentro com a velocidade de um trovão. Dois minutos depois, já estava de volta, com a mochila em uma das mãos e um sorriso pouco convincente no rosto. Ainda assim, cruzei a varanda e, com um beijo a distância, me despedi dos meus pais, prometendo que estaria de volta no domingo à tarde. Quando ouvi um "cuide-se" atrás de mim, eu já havia alcançado a porta do carro, que se mantinha aberta à minha espera. Acomodei-me no banco traseiro e, através da janela, enquanto nos distanciávamos, observei que mamãe acenava discretamente, enquanto sua imagem ficava cada vez menor e indefinida.

Já nos primeiros quilômetros, a chuva profetizada por Edy começava a dar o ar da graça. Podiam-se ver grandes nuvens negras formando uma gigantesca cortina que, aos poucos, cobria toda a imensidão sobre nós. Em poucos minutos, a agitação da vegetação na beira da estrada revelava que a velocidade do vento aumentava consideravelmente. As nuvens continuavam avançando e eu começava a suspeitar de que em poucos minutos mergulharíamos na mais completa escuridão.

Esforçava-me para não demonstrar nenhum receio em relação ao temporal, mas cheguei a comentar com meus amigos se não seria melhor desistirmos da viagem e retornarmos para casa. Ambos, entretanto, não pareceram muito dispostos a mudar de ideia.

— São Jorge do Sul fica a apenas sessenta quilômetros daqui — disse Edy num tom que me pareceu não convencer nem a ele mesmo.

— Com um pouco de sorte conseguiremos chegar antes da chuva
    Douglas assentiu com a cabeça.

Pareceu-me um pouco exagerado o pavor que me escapava inadvertidamente pelos poros. Contudo, eu sabia que, para me conter, seria necessário bem mais do que mera força de vontade.

Percebendo o meu nervosismo, Edy decidiu ligar o rádio do carro no intuito de descontrair o ambiente, o que, a princípio, funcionou.

Uma incrível melodia apossou-se dos meus tímpanos. Tratava-se de uma *velha amiga*, uma das minhas canções favoritas: *Show Me The Way*, hit lançado em 1974 e um dos maiores sucessos do cantor britânico Peter Frampton.

Na verdade, a minha afinidade com músicas antigas não era exatamente o que se pode chamar de boa. Entretanto, por alguma razão, aquela música me fascinava, me fazia *viajar*. *Por que não me mostra o caminho?*, dizia a letra. Comecei a cantarolar e pedi ao Edy — acomodado no banco do carona — que aumentasse um pouco mais o volume do rádio...

15
O FIM

Pare, pense e responda: o que o fez querer ler este livro? Acredita em coincidências? Acredita realmente que os fatos acontecem de forma aleatória? Mera ilusão, diria o poeta. Sim, o Universo conspira, mas o traçado do caminho só compete a nós mesmos. Por isso, não se permita o devaneio, meu amigo. O acaso nada mais é do que a pretensão dos estúpidos. Como diria minha mãe: nem mesmo uma reles folha despenca de uma árvore sem que lhe seja atribuída uma razão para tal. Há um propósito para tudo nesta vida, embora algumas vezes não saibamos disso. O que é denominado por muitos *destino*, eu chamo de *caminho*. Certas pessoas tornam-se escravas do tal *destino*. Mergulham num mundo de desilusões e dúvidas. Acreditam que toda a sua trajetória, seja ela de acontecimentos gloriosos ou abomináveis, já está previamente escrita. Para elas, tudo seria parte de um grande roteiro escrito minuciosamente pelo Criador. Será? Há os que dizem que a vontade divina é soberana, e que tudo o que acontece no universo foi ou será previamente escrito e autorizado por Ele. Contudo, não lhe parece um paradoxo que Deus nos dê o chamado *livre arbítrio* e, por outro lado, determine a direção das nossas vidas, obrigando-nos a seguir tais determinações? Provavelmente você já se deparou com alguém que, ao justificar algo ruim que lhe acontecera, diz: "Ah, Deus quis assim, fazer o que, não é?". Ou então: "Eu o entrego nas mãos de Deus!", referindo-se a algum problema aparentemente insolúvel. Bem, diante disso, permita-me um questionamento: você acha mesmo que Deus quer que coisas ruins aconteçam na sua vida? Acredita, realmente, que devemos atribuir à *vontade de Deus* os problemas que não conseguimos resolver? Por que Ele se recusaria a nos ajudar?

O fato é que Deus criou o homem com total liberdade para tomar decisões; para aceitar ou rejeitar o seu *plano de salvação*. Do mesmo modo, somos livres para crer ou não nEle. Tal liberdade faz parte da condição humana, e nos foi concedida para que não fôssemos meras marionetes ou robôs programados pelo Criador. Deus nos deu o *poder de escolha,* e talvez esse seja o nosso maior problema, pois, estranhamente, temos forte tendência a escolher mal.

É notório que tudo na vida tem um preço. Ao passo que somos livres para tomar nossas próprias decisões, também passamos a ser responsáveis por elas.

De acordo com as Escrituras Sagradas, Adão e Eva também tiveram a liberdade de escolha, porém, influenciados pelo diabo, optaram pela desobediência ao Criador. O próprio Lúcifer, um anjo de grande prestígio no céu, também fez uso do seu livre arbítrio. Desejou ser igual ao Altíssimo e caiu em rebelião. Em Deuteronômio 28, Deus coloca diante do seu povo dois caminhos: *(1) Se obedeceres à voz do Senhor teu Deus... todas as bênçãos virão sobre ti...* (2) *Mas se não deres ouvidos à voz do Senhor teu Deus... virão sobre ti todas estas maldições...* Em outras palavras, Deus concede aos seus filhos a liberdade de escolha. Somos nós quem decide qual o caminho seguir. Quando enveredamos por uma trilha tortuosa, a qual nos leva ao sofrimento e à dor, a responsabilidade é toda nossa. Por isso, parece-me uma insensatez dizer "Deus quis assim", quando o razoável seria "eu quis assim".

O que podemos, então, concluir com tudo isso é que já está na hora de você parar para pensar no que tem feito da sua vida até agora. Pense nas decisões que tem tomado e nos caminhos que tem escolhido. Este é o momento de tomar novas decisões. Afinal, Deus lhe deu o livre arbítrio, lembra? Então usufrua desse presente dado pelo Criador de forma coerente e inteligente.

Lembra-se da primeira pergunta feita no início deste capítulo? Pois bem, a resposta é: não! Isso mesmo. Você não escolheu ler este livro por acaso. Embora você não acredite, posso lhe assegurar que a simples escolha deste livro não foi mera coincidência. O motivo ainda me é ignorado, mas esteja certo de que fui enviado até você. A julgar pela reação da maioria das pessoas, certamente você também duvidará, mas neste exato momento, enquanto lê este livro, eu estou aqui bem ao seu lado. Não se preocupe se não puder sentir a minha presença. Na verdade, pouquíssimas pessoas têm o dom para tal.

Às vezes me questiono: até quando serei enviado para essas missões? Por que eu? Qual o objetivo de tudo isso?

Sei que todas essas respostas me serão dadas no momento certo. Quando? Ainda é uma incógnita! Mas confesso que, no fundo, isso não me incomoda. Pelo contrário, é realmente muito gratificante poder ajudar as pessoas. Todas as vezes que sou enviado a uma missão, acabo por fazer parte da história do *escolhido*.

Ignorado por muitos, amaldiçoado por outros, sigo meu caminho convicto de que estou fazendo a coisa certa. Tenho ajudado muitas pessoas na resolução dos seus problemas, dramas e sofrimentos. Sofro com elas, choro com elas, rezo por elas.

Novamente estou diante de uma missão. Não sei por que me enviaram, mas você certamente o sabe. Sendo assim, no momento certo serei orientado em relação à missão que cumprirei com você. Na maioria das vezes, a pessoa não percebe que precisa de ajuda ou talvez não queira ser ajudada. Isso torna minha missão ainda mais difícil, pois não tenho o poder de interferir na vida das pessoas. Contudo, de alguma maneira, sempre sou enviado à pessoa certa, mesmo que esta não o saiba.

Quando criança, eu costumava me surpreender perdido em divagações. Havia uma curiosidade sombria sobre o que acontece com o ser humano após a morte. Tenho consciência de que este é, sem dúvida, um dos maiores questionamentos da humanidade. Mas meu inquieto coração de criança dilacerava-se ao considerar a possibilidade da morte. Apavorava-me o fato de simplesmente deixarmos de existir.

Aos domingos, durante o culto na igreja frequentada por meus pais, eu ouvia alguém dizer que, quando morremos para este mundo, nascemos para a vida eterna, ao lado de Deus. Porém, por mais que eu me esforçasse para acreditar nessas palavras, a ideia da morte me conduzia a um lúgubre e deprimente estado de espírito. Às vezes, assaltado pela inocência peculiar às crianças, eu rezava baixinho, pedindo a Deus que me permitisse viver para sempre.

Paradoxalmente, agora eu percebo que, para viver, você não precisa necessariamente estar *vivo*. E o mais estranho em tudo isso é que agora, mesmo depois de morto, eu ainda não sei o que de fato acontece após o último suspiro. Após o sopro da morte. Ainda me escapa o fato de ter sido o *escolhido* para essas *missões de ajuda*. A única informação a mim revelada é que eu devo cumprir esta etapa antes de prosseguir. Para onde? Confesso que ainda não sei! Mas, inexplicavelmente, o coração me diz que devo seguir em frente. Devo cumprir todas as missões a mim confiadas... E estou muito feliz por você ser uma delas.

Fale com o autor: maxfoxy@gmail.com

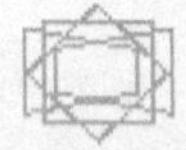

[1] Robert Oxnam, respeitado acadêmico, ex-consultor da Casa Branca e especialista em História da China e geopolítica asiática, que teve sua biografia *A fractured mind* (Uma mente fragmentada) publicada nos Estados Unidos.

About the Author

Max Moreno is a Brazilian writer. He writes poems, short stories, and novels. His books feature plots involving mystery, suspense, and psychological fiction.

Read more at maxmorenooficial.com.br.